자전거
여행
2

자전거 여행

2

김훈 지음 • 이강빈 사진

문학동네

자전거 타는 사람

김기택

당신의 다리는 둥글게 굴러간다
허리에서 엉덩이로 무릎으로 발로 페달로 바퀴로
길게 이어진 다리가 굴러간다
당신이 힘껏 밟을 때마다
넓적다리와 장딴지에 바퀴무늬 같은 근육이 돋는다
장딴지의 굵은 핏줄이 바퀴 속으로 들어간다
근육은 바퀴 표면에도 울퉁불퉁 돋아 있다
자전거가 지나간 길 위에 근육무늬가 찍힌다
둥근 바퀴의 발바닥이 흙과 돌을 밟을 때마다
당신은 온몸이 심하게 흔들린다
비포장도로처럼 울퉁불퉁한 바람이
당신의 머리칼을 마구 흔들어 헝클어뜨린다
당신의 자전거는 피의 에너지로 굴러간다

무수한 땀구멍들이 벌어졌다 오므라들며 숨쉬는 연료

뜨거워지는 연료 땀이 솟는 연료

그래서 진한 땀냄새가 확 풍기는 연료

그 연료가 타는 힘으로 당신의 다리는 굴러간다

당신의 2기통 콧구멍으로 내뿜는 무공해 배기가스는

금방 맑은 바람이 되어 흩어진다

투명한 콧김이 분수처럼 솟아오른다

달달달 굴러가는 둥근 다리 둥근 발

둥근 속도 위에서 피스톤처럼 힘차게 들썩거리는

둥근 두 엉덩이와 둥근 대가리

그 사이에서 더 가파르게 휘어지는 당신의 등뼈

_김훈의 자전거를 위하여

차례

프롤로그

다시, 자전거를 저어서 바람 속으로 나선다.

봄에는 자전거 바퀴가 흙 속으로 빨려든다. 이제 흙의 알맹이들은 녹고 또 부풀면서 숨을 쉬느라고 바쁘다. 부푼 흙은 바퀴를 밀어서 튕겨주지 않고, 바퀴를 흙의 안쪽으로 끌어당긴다. 그래서 봄에는 페달을 돌리는 허벅지에 더 많은 힘이 들어간다. 허벅지에 가득 찬 힘이 체인의 마디를 돌리고, 앞선 마디와 뒤따르는 마디가 당기고 끌리면서 바퀴를 굴린다.

몸의 힘은 체인을 따라 흐르고, 기어는 땅의 저항을 나누고 또 합쳐서 허벅지에 전한다. 몸의 힘이 흐르는 체인의 마디에서 봄빛이 빛나고, 몸을 지나온 시간이 바퀴로 퍼져서 흙 속으로 스민다. 다가오는 시간과 사라지는 시간이 체인의 마디에서 만나고 또 헤어지면서 바퀴는 구른다. 바퀴를 굴리는 몸의 힘은 절반쯤은 땅속으로 잠기고 절반쯤이 자전거를 밀어주는데, 허벅지의 힘이 흙 속으로 깊이 스밀 때 자전거를 밀어주는 흙의 힘은 몸속에 가득 찬다.

봄의 부푼 땅 위로 자전거를 저어갈 때 흙 속으로 스미는 몸의 힘과 몸속으로 스미는 흙의 힘 사이에서 나는 늘 쩔쩔맸다. 페달을 돌리는 허벅지와 장딴지에 힘이 많이 들어가면 봄은 몸속 깊이 들어온 것이다. 봄에는 근력이 필요하고, 봄은 필요한 만큼의 근력을 가져다준다. 자전거를 멈추고 지나온 길을 돌아보면, 몸을 떠난 힘은 흙 속에 녹아서 보이지 않는다. 지나간 힘은 거둘 수 없고 닥쳐올 힘은 경험되지 않는데 지쳐서 주저앉은 허벅지에 새 힘은 가득하다. 기진한 힘 속에서 새 힘의 싹들이 돋아나오고, 나는 그 비밀을 누릴 수 있지만 설명할 수 없다.

자전거를 저어서 나아갈 때 풍경은 흘러와 마음에 스민다. 스미는 풍경은 머무르지 않고 닥치고 스쳐서 불려가는데, 그때 풍경을 받아내는 것이 몸인지 마음인지 구별되지 않는다.

풍경은 바람과도 같다. 방한복을 벗어버리고 반바지와 티셔츠로 봄의 산하를 달릴 때 몸은 바람 속으로 넓어지고 마음은 풍경 쪽으로 건너간다. 나는 몸과 마음과 풍경이 만나고 또 갈라서는 그 언저리에서 나의 모국어가 돋아나기를 바란다. 말들아, 풍경을 건너오는 새떼처럼 내 가슴에 내려앉아다오. 거기서 날갯소리 퍼덕거리며 날아올라다오.

태풍전망대^{연천}에서 바라다보이는 임진강 너머 북녘 산하에 봄빛이 내린다. 산이 열리고 강이 풀려서 물은 수목의 비린내를 실어내린다. 도라전망대^{파주}에서 마주 보이는 개성 남쪽 들녘에서 손수레를 끄는 농부들이 밭으로 두엄을 실어내고 있다. 대지의 향기가 봄바람에 실려온다.

오두산전망대^{파주} 아래 임진강은 밀물에 가득 차고 썰물에 아득하다. 가득 차고 아득한 물이 멀어서 닿을 수 없는 공간 속으로 나아간다. 하구의 시간과 공간은 크나큰 용해의 힘으로 느리고 평화롭다. 한강, 임진강, 한탄강이 거기서 모이고, 개성 쪽에서 내려온 예성강이 그 큰 물길에 합쳐진다. 그 늙은 강의 이름은 조강祖江이다. 할아버지의 강이고, 조국의 강이며, 소멸의 힘으로 신생을 이끄는 새로운 시간의 강이다. 지금, 내 자전거는 조강 언저리를 나아가고 있다. 자전거는 노을에 젖고 바람에 젖는다. 저물어도 잠들지 않는 내 허벅지의 힘을 달래가면서 나는 풍경과 말 들을 데리고 천천히, 조금씩 아껴서 나아가겠다.

무기의 땅, 악기의 바다
경주 감포

4번 국도는 경주 시내에서 토함산 아래를 돌아서 동쪽으로 나아가 감포 바다에 닿는다. 토함산 권역을 거의 벗어나는 어일리에서 4번 국도를 버리고 우회전하면 929번 지방도로이다. 929번 지방도로는 토함산 능선을 오른쪽으로 펼쳐 보이며 7킬로미터를 동남쪽으로 달려 감은사지 앞을 지나 경주시 감포읍 대본리의 바다에 닿는다.

길이 끝나는 곳에서, 길은 다시 그 종착점 너머의 세계와 연결된다. 길은 길이 아닌 곳과 닿아 있는 것이다. 그러므로 모든 길의 지향성은 세계적이며, 모든 길의 숙명은 역사적이다. 929번 지방도로는 경주와 감포읍 대본리의 바다를 잇는다. 이 한 토막 지방도로는 바다를 향하는 7세기 신라의 인후咽喉이며, 인간의 꿈의 힘으로 살육의 피를 씻어 내던 신라의 지성소至聖所이다.

인간은 아늑하고 풍성한 곳에서 다툼 없이 살고 싶다. 낯설고 적대적인 세계를 인간의 안쪽으로 귀순시켜서, 그렇게 편입된 세계를 가지런히 유지하려는 인간의 꿈은 수천 년 살육 속에서 오히려 처연하다. 세계를 개조하려는 열망의 소산이라는 점에서 무기의 꿈과 악기의 꿈은 다르지 않다. 철제 무기의 경이로운 날카로움을 정련해가던 가야의 마지막 날들에, 우륵은 가야금을 완성한다. 그의 조국은 한 줄기 산세와 한 줄기 물길에 기대어 있던 부족국가였다. 위태로운 조국의 마지막 순간에 우륵은 가야금을 들고 조국을 떠난다. 그는 적국인 신라의 진흥왕에게 투항했다. 그가 버린 조국의 이름은 그의 악기에 실려 후세에 전해졌고, 그의 악기는 신라 천년의 음악의 바탕을 이루었다. 진흥왕의 팽창주의는 그가 남긴 순수비에 적혀 있는데, 아마도 역사 속에서, 진흥왕의 무기와 우륵의 악기는 비긴 것 같다.

7세기의 929번 지방도로에서, 전란의 시대를 살아가는 인간의 꿈은 무기에서 악기로 이행하고 있다. 『삼국사기』 속의 7세기는 '수급 5백을 베었다' '수급 1천을 베었다' '수급 3천을 베었다'는 문장의 끝없는 연속이다. 자고 새면 베고 베이는 것이다. 수사적 장치가 전혀 없이 발가벗은 단문으로 기록되는 그 '목 베기 시대'는 철제 무기의 성능 시험장 같은 인상을 준다. 통일 전쟁의 총사령관인 김유신 자신이 철제 도끼를 들고 사기史記에 등장한다. 고전적 단순성에 엄격한 김부식金富軾의 문장은 떨어져나간 목의 개수를 챙길 뿐, 떨어져나간

감은사지 3층석탑

이 한 쌍의 탑은 주변의 야트막한 산세 속에서 그 조화로움이 드러난다.
사람들이 나무로 탑을 만들다가 돌로 탑을 만들기 시작한 초기의 작품이다.
그래서 이 탑에서는 나무에서 돌로 이행하는 과정의 망설임과 머뭇거림의 흔적이
남아 있다. 내가 사랑하는 것은 이 흔적이다.

목의 고통을 기록하지 않는다. 매일매일의 목 베기와 목 베기 사이에서 당대 최고 지식인이었던 의상이 부석사를 창건했다는 기사는 가엾고 사소한 에피소드처럼 끼어 있다.

7세기의 수많은 전투는 매우 복잡하고도 무질서한 정치적 배후를 갖는다. 정치집단들 사이의 호혜 평등에 따른 공존이란 불가능했다. 고구려, 백제, 신라 그리고 멸망한 고구려와 백제의 잔존 군사력과 당唐의 원정군이 뒤엉켜 가변적 적대관계의 중층구조를 이루었다.

나·당 사이의 정치관계와 군사관계는 파국적인 모순에 처해 있었다. 문무왕은 눈물겨운 저자세의 외교문서를 당의 황제에게 보내 당나라의 도덕성과 우월성에 영원한 충성을 맹세한다. 그는 거의 빌고 있다. 그리고 그는 곧 군사를 동원해서, 한반도에 진주한 당의 군사력을 토벌한다. 수사를 아끼는 김부식은 그 시대의 피비린내를 이렇게 전한다.

들판마다 시체가 가득가득 쌓여 있었고, 흐르는 피에 방패가 떠내려갈 지경이었다.

문무왕의 유서는 『삼국사기』 전편에서 가장 장엄하고도 웅장한 글이다. 그 유서는 제왕의 문장으로 기록된 무기의 꿈이다.

나는 국운이 마침 어지럽고 전쟁하는 시대를 당하여 서쪽백제을 정벌하고 북쪽고구려을 토벌하여 능히 강토를 평정하고, 반역한 자를 치고 협조한 자를 불러와서 드디어 먼 곳과 가까운 곳을 편안하게 하였다. 이리하여 위로는 조종祖宗이 돌보아주심을 위로하였고 아래로는 백성들의 아비와 아들의 오래된 원한을 갚아주었고, 전쟁에서 살아남은 사람과 죽은 사람을 널리 추상追賞하여 내외에 관직을 고루 나누어주었으며, 병기를 녹여 농구를 만들었고, 백성들을 인수仁壽의 경지로 이끌었다.(『삼국사기』, 이재호 옮김)

문무왕의 단정적 어법에도 불구하고 무기에 대한 그의 꿈은 대부분 이루어지지 못했던 것으로 보인다. 먼 곳과 가까운 곳은 끊임없이 불안정했고, 살육과 모반은 거듭되었다.

7세기의 바다에서 악기가 솟아오른다. 그 바다는 929번 지방도로가 끝나는 감포읍 대본리 바다이고, 그 악기는 만파식적萬波息笛이라는 이름의 관악기이다. 문무왕의 시신은 그의 유언에 따라 화장되어 그 뼈가 대본리 앞바다 바위대왕암에 뿌려졌고, 문무왕은 동해에서 호국의 용龍이 되었다. 그리고 이 피리는 신문왕이 그의 아버지 문무왕의 혼백인 용으로부터 받은 피리였다. 용은 바다에서 솟아난 그 피리를 아들에게 전해주었다. 『삼국유사』는 인간의 욕망과 슬픔과 기쁨과 환상과 열망에 역사라는 지위를 부여한다. 『삼국유사』는 현실의 역사이며 마음의 역사인 것이다. 만파식적에 대한 기록이 없었더라면, 7세기의 역사는 살육과 모반으로 지고 샌 불구의 역사에 불과했을 터이다. 삼국 통일이 어찌 인간의 고통과 슬픔을 감당할 수 있을 것인가.

　　왕이 돌아와서 그 대나무로 피리를 만들어 월성의 천존고天尊庫에 간직해두었다. 이 피리를 불면 적병이 물러가고 질병이 낫고 가물 때는 비가 오고 비가 올 때는 개고 바람이 가라앉고 물결은 평온해졌다. 이 피리를 만파식적이라 부르고 국보로 삼았다.(『삼국유사』, 이재호 옮김)

하늘과 물뿐인 바다에 솟은 대왕암

　무기의 아들로 태어난 신문왕이 무기의 아버지인 문무왕으로부터 하사받고 싶었던 치세治世의 도구는 무기가 아니라 악기였던 것이다. 세상의 슬픔을 쓰다듬고 바람과 파도를, 분노와 절망으로 출렁거리는 것들을 달래서 잠들게 하는 선율을 무기의 아들은 꿈꾸었던 것이다.

　929번 지방도로는 무기에서 출발해 악기로 다가간다. 감은사 터는 그 중간 지점에 있다. 감은사 창건 설화는 아직도 무기와 피의 냄새를 청산하지 못하고 있다. 아마도 감은사는 피에 칠갑된 인간이 악기를 향해 걸어가는 과정의 중간 기착지쯤이 될 터이다. 그리고 그 3층석탑 한 쌍은 인간의 조형능력이 나무에서 돌로 이행하는 과정의 중간 기착점인 셈이다.

　말복이 지나고 파라솔이 걷힌 대본리 바다는 거칠 것 없는 망망대해이다. 그 바다는 풍경이라고 할 수도 없는, 하늘과 물뿐인 바다이다. 대왕암 한 덩어리가 가까이 떠 있을 뿐이다.

한국 미술사학의 선각자인 고유섭高裕燮, 1905~1944은 이 바다에서 「나의 잊히지 못하는 바다」라는 수필 한 편을 썼다. 이 수필의 제목은 지금 비석이 되어 대본리 바닷가에 서 있다.

그에게 잊히지 못하는 것은 그 바다와 929번 도로의 역사성이었을 것이다. 그리고 악기와 무기 사이를 오가는 인간의 꿈의 슬픔이었을 것이다. 7세기는 계속중인 모양이다.

여름에 이동하는 사람들을 위하여
경기만 등대를 찾아

젊어서는 온 천지를 싸질러 돌아다니기를 좋아했는데, 나이 먹으니까 돌아다니기보다 돌아다니는 것들을 바라보기에 더 바쁘다. 젊어서는 인수봉, 백운대, 노적봉, 주봉, 선인봉, 만장봉, 오봉, 치마바위에 자일을 걸고 오르내렸는데 나이 먹으니까 비 오는 날의 젖은 바위를, 안개 낀 날의 몽롱한 바위를, 맑은 가을날의 빛나는 바위를 멀리서 바라보는 일이 더 즐겁다.

우이동 버스 종점에서 망원경으로 도봉산 쪽 선인봉, 만장봉을 들여다보면 바위 중턱 십자로와 침니코스에는 여전히 젊은이들이 자일에 매달려 있다. 나는 살면서 술도 많이 마셨고, 담배를 좋아했고, 원고 쓰느라고 숱한 밤을 새웠다. 이제는 손아귀에 힘이 빠져서 바위 모서리의 홀드를 움켜쥐고 거기에 내 체중을 걸지 못한다. 그래서 바위에 붙지 못하고 바위를 다만 바라본다. 계절과 날씨에 따라 질감과 거리가 달라 보여서 바위는 시간 속을 떠돌면서 엉키고 풀어지는 구름처럼 보인다.

이제, 세상의 변방 가장자리에 주저앉은 자에게 가장 볼만한 것은 이리저리 떠돌아다니는 것들이다. 바닷물이 해안으로 달려들면서 강들을 내륙 깊숙이 누르는 풍경이나 원양을 건너가는 철새들의 날갯짓은 이 세상의 찬란하고 거대한 절정이다. 며칠 전에는 동해에 고래떼가 몰려왔다. TV에 나왔다. 고래들은 무슨 환장하게 좋은 일이 있는지, 물 밖으로 대가리를 치켜들고 펄떡펄떡 뛰면서 바다를 건너왔다. 나는 TV를 보면서 고래 만세, 동해 만세를 불렀다. 그 강력한 생명들이 대가리를 물속으로 처박고 곤두박질할 때, 빛나는 꼬리가 물 위로 솟구쳤다. 동해는 생명의 힘으로 끓어올랐다. 나는 죽은 다음에 고래나 물개의 그 거친 수컷의 목숨으로 태어나서 바다에서 펄떡펄떡 뛰고 싶었다.

고래들아, 내 조국의 해 뜨는 바다를 떠나지 말고 영원히 그 일출의 빛 속에서 펄떡펄떡 뛰어다오. 새만금 갯벌에서 날아올라 히말라야 상공을 향하는 새의 무리들아, 원양의 비바람과 산맥의 눈보라를 뚫고 너희는 모두 살아서 돌아오라. 그래서 내 조국의 바다와 산맥이 고래 뛰는 소리와 새들의 날개 치는 소리로 수런거리게 해다오.

고래나 철새 들은 그렇다 치고, 내 영세한 글은 맨몸으로 원양과 대륙을 건널 수 없는, 물가에 주저앉은 인간의 푸념이다. 돌아다니는 것들은 나에게 말을 하게 한다.

원양과 대륙을 건너가는 철새들이 어떻게 가없는 허공 속에서 방향감을 유지하는 것인지 나는 알 수가 없다. 나는 이 답답함을 여러 번 말했고, 조류학 책을 찾아서 읽기도 했다. 새들이 태양의 기울기를 감지해서 방향을 잡는다는 말도 있었고 새들은 지구의 자장磁場을 몸으로 느끼면서 정확히 목적지를 향해 날아간다는 말도 책 속에 적혀 있었다. 조류학자들의 연구 결과를 불신하는 것은 아니지만, 새들과 이야기를 나눌 수가 없고, 새들의 몸을 경험할 수 없는 나는 늘 책 속에 쓰여진 말들이 멀고 희미했다. 새들이 태양의 기울기를 감지해서 그 가없는 허공 속에 한 가닥 진로를 설정할 수 있다는 말은 새들이 저절로 그 아득한 허공을 건너간다는 말처럼 나에게는 들렸다. 나는 상상으로 감당할 수 없는 것들을 과학적으로 설명해주어도 믿지 못하는 아둔함을 저승에까지 가지고 갈 모양이다.

인천항이나 부산항의 전망대에 올라가서 원양을 건너오는 밤의 배들을 바라보는 일은 겨울의 히말라야 연봉連峯 위를 넘어가는 철새들의 항로를 생각하는 일보다 편안하다. 항구로 다가오는 배들이 편안하게 느껴지는 까닭은 아마도 배들이 인간으로부터의 신호에 의해서 운행하기 때문일 것이다.

항해는 한 항구에서 다른 항구로 배를 이동시키는 기술이다. 연안을 항해할 때나 대양을 항해할 때, 항해술에서 가장 중요한 것은 선박의 위치 판단이다. 자신의 위치를 알아야만 가야 할 목표를 가늠해서 뱃머리의 방향을 정할 수 있다. 이것이 항해술의 핵심부이다. 고대인의 통나무배에서부터 원자력으로 추진되는 군함이나 상선에 이르기까지 이 이동의 핵심적 원리는 변함이 없다. 선박조종술이나 기상학, 적하술도 항해술의 중요한 일부이지만 항해술의 핵심부는 선박이 대양 위에서 자신의 위치를 정확히 알아야 한다는 점이다. 자신의 위치를 정확히 알지 못하는 선박은 예정된 항로를 따라 항해할 수 없고, 항로를 이탈했을 때 예정된 항로로 복귀할 수 없으며 결국 목적지 항구에 닿을 수 없다.

배는 엔진의 힘으로 나아가지 않고, 저 자신의 위치를 스스로 아는 힘으로 간다. 엔진은 동력을 생산해내지만 이 동력이 방향성의 인도를 받지 못하면 동력은 눈먼 동력일 뿐, 추진력이 되지 못한다. 그래서 엔진이 생산하는 동력은 이동의 잠재적 가능성일 뿐이다. 여기에 방향이 부여되었을 때 이 잠재적 힘은 물 위에서 배를 작동시키는 현실적 추진력으로 작동한다.

선박은 자신의 위치를 아는 그 앎의 힘으로 나아갈 방향을 가늠한다. 내가 어디에 처해 있는지를 알아야만 나는 어디로 가야 하는가를 알 수 있다. 철새들이 태양의 기울기나 지구의 자장을 몸으로 감지해가며 원양을 건너갈 때 철새는 자신의 위치를 스스로 알지 못해도 천체가 보내주는 신호에 따라 방향을 가늠할 것인데, 인간의 몸에는 그 같은 축복이 없다. 그래서 선박을 움직여 대양을 건너가는 항해사는 '나는 어디에 있는가?'라는 질문에 스스로 대답할 수 있어야만 목적지

선미도 등대는 경기만 해상 신호체계의 최전방이다.
등대는 선박에게 항로를 가르쳐주지 않고 등대 자신의 위치와 이름을 가르쳐준다.
그래서 모든 등대는 그 자신만의 고유한 섬광을 갖는다.

항구에 닿을 수가 있다. 그리고 그 '나'의 위치는 물 위에서 항상 떠돌며 변하는 것이어서 항해사의 질문은 늘 새롭게 태어난다. 지나간 모든 위치는 무효인 것이다. 바다 위에서 '나는 어디에 있는가?'라는 질문은 미래의 시간과 함께 인간의 앞으로 다가온다.

자신의 위치를 식별하는 법

이동의 목적이 없이 책상에 앉아서, 시집을 읽듯이 지도를 읽는 일은 재미있다. 그때, 지도 위에 그려진 수많은 표식물들, 강과 모세수로, 등고선과 평야, 산맥과 바다, 대도시와 소읍 들은 새롭게 해석되기를 기다리는 신호들처럼 빛난다. 등고선의 출렁거림을 따라 작은 산길들이 그 틈새를 파고들고, 물줄기들이 등고선 사이를 흘러내린다. 오목하고 잘록한 해안선 안쪽마다 항만과 포구는 자리잡고, 강폭이 좁아지고 물의 흐름이 순해지는 강안에 나루터가 그려져 있다. 포구들은 연안수로로 연결되어 있고, 나루터는 강의 이쪽과 저쪽에서 마주 보고 있다. 산천의 모든 지점과 유역과 마을 사이의 관계를 읽어낼 때, 할 일 없이 지도를 들여다보는 사람의 기쁨은 크다. 지도를 들여다보는 사람이 다만 지도를 즐길 뿐, 자신의 위치를 탐색해야 하는 수고로움을 겪지 않아도 되는 편안함이 이 기쁨을 몽상의 수준으로 끌어올린다.

높고 험한 산맥을 자전거를 타고 넘어갈 때 이동의 방향을 찾기 위해 지도를 들여다보는 일은 진땀 난다. 그 막막한 산맥 속에서 나의 위치를 정확히 파악하지 못하면, 나는 내 눈앞의 지도 속에 나를 포함시킬 수가 없고 나 자신과 내 시야에 들어오는 먼 산봉우리들과의 관계를 설정할 수가 없다. 그때 지도는 안타까운 무용지물일 뿐이어서, 지도는 아무런 방향도 가리켜주지 않고 나는 지도에 그려진 표식물들을 이동의 거점으로 삼아서 나아갈 수가 없다. 이동은 꿈과 갈망의 물리적 표현일 테지만, 방향과 위치에 의지하지 않고서는 저무는 산맥 속에서 내 자전거는 어디에도 갈 수 없다.

　방향의 운명은 상대적이다. 내가 너의 동쪽에 있을 때 너는 나의 서쪽에 있는 것이고, 어두워지는 산맥의 먼 봉우리들이 내 오른쪽에 있을 때 나는 그 봉우리들의 왼쪽에 있는 것이다. 나는 그 먼 봉우리들의 위치에 의해서 나 자신의 위치를 겨우 더듬어낼 수가 있다. 그러니 동서남북이란 대체 무엇인가! 내 낡은 나침반은 껍데기에 녹이 슬었어도 여전히 동서남북을 정확히 가리키고 있다. 산맥 속에서 나침반을 들여다보면서 길을 찾을 때, 그 어두워지는 저녁 무렵의 무서움 속에서 나의 가엾은 몽상은 방향을 가리키며 돌아가는 나침반 바늘의 중심부에 나 자신을 위치시킨다. 이 몽상은 과학적으로 틀린 것은 아니다. 나의 위치는 나침반 바늘의 중심점에 있을 것이다. 그러나 내가 나의 위치를 외계와의 관계 속에서 상대적으로 파악하지 못하면, 나는 동서남북의 절대적 방위를 알았다 하더라도 어느 쪽을 향해 몇 도의 각도로 나아가야 하는지를 알 수가 없다. 나는 나침반이 가리키는 방향을 나의 진행 방향으로 삼을 수가 없는 것이다. 내가 나의 위치를 알아야 나침반의 방향을 따라서 진로를 설정할 수가 있고 지도 속에 나 자신을 편입시킬 수가 있다.

3차원의 공간 속에서, 나는 어떻게 나 자신의 위치를 식별할 수가 있는가? 대양을 건너다니는 항해사들은 그 질문에 대해서 아주 명석한 대답을 해준다. 나는 너의 존재와 너의 위치에 의해서 나 자신의 위치를 식별할 수 있다. 인간이 역사를 건설하고 삶을 영위하는 이 3차원의 공간 속에서 내가 나의 위치를 식별할 수 있는 방법은 그 외에는 없다. 내가 나의 위치를 확인할 수 있는 거점은 내 안에 있는 것이 아니라 내 밖에 있다. 나를 움직여주는 지표는 나침반 바늘의 중심점이 아니다. 나침반 바늘의 중심점은 나의 관념적 위치이지, 나의 현실적 위치가 아니다. 관념상의 위치는 외로운 단독자의 위치다. 나는 사람들이 저마다의 나침반 바늘 중심점에 새겨놓은 이 단독자의 위치를 부정하지 않는다. 그러나 이 단독자의 위치가 나의 밖에 존재하는 거점들과 교신하지 못할 때 선박은 방향을 설정할 수 없고, 사람들 사이에는 신호가 작동되지 않는다. 선박은 외계의 특정 지점, 지표로부터의 방위와 거리를 측정함으로써 자신의 위치를 파악할 수 있다. 선박은 절대적 단독자로서 항해하지 못한다. 선박은 저 자신을 이 3차원 공간 속에서 상대적인 존재로 인식할 때 비로소 목적지 항구를 향해 대양을 건너갈 수 있다. 나에게 나의 위치를 가리켜주는 것은 내가 아니라 너이며, 이 세계이며, 이 세계의 표식물들이다. 그 사이에서 작동되는 신호에 따라서 선박은 대양을 건너가고, 인간에게는 이동과 소통이 가능하다.

등대는 그 신호체계들의 최전방이다. 등대는 인간과 인간 사이의 신호를 연결시키고, 세상을 소통 가능하고, 이동 가능하고, 지속 가능한 곳으로 만들기 위하여 저 자신을 이 세계의 가장 외지고 후미진 해안 고지나 섬에 위치시킨다. 가장 외로운 자리에 처한 자들이 이 세상의 소통과 이동의 거점이 되어 캄캄한 바다를 향해 빛을 쏘고 있다.

목포 앞바다나 진도 남쪽 바닷가에 앉아서 먼 등대들의 깜박이는 불빛을 바라보는 일은 늘 뜨겁고 반가웠다. 사람으로부터 사람에게로 건너가는 신호는 그 가냘프고도 강인한 한 줄기 빛과 그 명석한 메시지로 늘 나를 눈물겹게 했다. 사람들이 전쟁을 치르듯이, 피난을 가듯이 휴가여행을 떠나는 이 치열한 격전의 여름에 교통체증으로 오도 가도 못하는 저 악명 높은 호법인터체인지나 기흥인터체인지에 줄줄이 늘어선 자동차들의 후미등 불빛이 나는 늘 가엾고 또 갸륵했다. 벤츠고 롤스로이스고, 티코고 간에 모든 차들이 모든 차들 때문에 오도 가도 못하는 그 폭염의 길바닥에서, 자동차 후미등 불빛은 앞차와 뒤차 간의 신호에 의해서만 자동차들은 앞으로 나아갈 수 있다는 그 단순한 질서의 위대함을 불빛으로 깜박여 보이면서도 오도 가도 못하고 있었다. 도로를 따라서 신호와 신호들이 길게 연결되어야만 당신들은 피서지에 갈 수 있다. 뒤차가 앞차의 신호를 받지 못하면 이 오작동은 곧 죽음이어서, 당신들의 자동차는 황천으로 간다. 신호를 받지 못하면 대문 밖이 황천이다.

등대는 저마다 하나의 독자적인 신호체계로 깜박인다. 선미도는 덕적도에서 북쪽으로 10킬로미터쯤 떨어진 무인도다. 선미도에는 직원 3명이 근무하는 유인 등대가 있다. 이 등대는 인천해운항만청 관할이다. 선미도 등대는 12초에 1번씩 섬광을 내쏜다. 이것이 선미도의 고유성이다. 소청도 등대는 40초를 둘로 나누어서 20초 동안은 불빛을 죽이고 나머지 20초 동안에 4번 깜박인다. 이것이 소청도의 고유성이다. 속초 등대는 45초를 1사이클로 삼아서 27초 동안은 불이 꺼지고 나머지 18초 동안에 4번 깜박인다. 이것이 속초의 고유성이다. 울릉도 등대는 25초에 1번씩 깜박이고 부산 앞바다 오륙도 등대는 5초에 1번씩 깜박인다.

제주도 북쪽 해안, 조천면 합덕마을 바닷가에는 조선시대에 연안 어민들이 자생적으로 운영하던 '등명대'라는 원시적인 등대가 남아 있다. 등명대는 바닷가에 쌓은 높이 2미터 정도의 돌무더기이다. 날이 저물어도 마을의 고깃배 몇 척이 포구로 돌아오지 않으면 마을 사람들은 이 돌무더기 위에 불을 밝혔다. 생선기름을 태우는 불이었다. 이 등댓불의 광도를 지금 측정할 도리는 없으나 가까운 바다에서 포구를 찾지 못하는 고깃배들을 불러들이기에는 충분했을 것이다. 고깃배들이 멀리 나가지 못했으므로 깜박이는 장치가 없는 이 등불만으로도 포구의 고유성과 방향성을 알릴 수 있었다. 라스팔마스나 코스타리카의 등대가 어떠한 섬광체계로 작동되는지는 알 수 없지만, 이 세계의 섬과 연안의 모든 등대는 저마다의 고유성을 섬광에 실어서 반짝거린다.

등대는 선박에게 항로를 가르쳐주지 않는다. 선박의 목적지는 등대가 아니다(조선시대에 제주도 북쪽 바다에 떠 있던 고깃배들의 귀환 목표는 등명대가 서 있는 포구였을 것이다. 등명대는 규모가 작고 줄어 거리가 가까운 연안 어장에서만 유효한 등대다. 지금도 작은 포구들의 어귀에 세워진 무인 등대들은 제주도의 등명대와 같은 기능을 갖는다). 등대는 저마다의 고유한 신호를 쏘아대며 등대 자신의 위치를 선박에게 가르쳐준다. 여기는 선미도, 여기는 속초, 여기는 울릉도, 여기는 오륙도라고 등대들은 밤새도록 깜박이며 외친다. 그래서 이 세계의 등대들은 저마다 독자적인 신호체계를 갖게 된다. 항해사는 등대의 위치와 등대의 이름을 알아야 비로소 바다 위에 뜬 저 자신의 위치를 알 수가 있다. 내 밖에 존재하는 타자의 위치와 그 타자의 이름을 알아야만 나는 나를 확인할 수가 있다. 모든 등대는 저 자신의 이름을 부르며 깜박인다. 등대는 밤바다의 선박을 향해서 그 선박이 존재의 지표로 삼을 수 있는 신뢰할 만한 타자로서 등대 자신을 제공해주는 것이다. 그 신호를 접수하는 항해사는 등대가 저 자신을 불러대는 이름을 듣고 자신의 위치와 진로를 가늠한다. 항해사는 자기 존재의 좌표와 진로의 방향이 선박의 엔진에 있지 않고, 선박의 뱃머리에 있지 않고, 방향타의 회전 각도 속에 있지 않고, 오직 선박 밖에 존재하는 타자와의 거리와 각도와 그 관계에 의해 결정될 수밖에 없다는 운명을 안다. 그는 그 운명에 순응하는 방식으로 대양을 건너가고 모항으로 돌아온다.

등대의 빛은 바다를 항해하는 선박에까지 당도했을 때에만 유효하

다. 빛이 나아가는 거리는 등대의 높이에 따라 다르고 대기의 굴절상
태나 지구의 만곡에 따라 달라진다. 또 광원의 광도나 안개의 밀도에
따라서 빛이 나아가는 거리는 달라진다. 그러나 어떤 경우에도 신호
는 인간에게 닿았을 때만 신호인 것이고, 인간에게 닿지 못하는 신호
는 신호가 아니다.

항구가 가까워질수록 바다 위에는 더 많은 신호들이 나타난다. 수
로를 알리는 부표, 암초의 존재를 알리는 등표, 왼쪽 항로의 위험을
알리는 표지나 오른쪽 항로의 위험을 알리는 표지들이 물 위에 깔려
있다. 항해사는 이 모든 신호들을 연결시켜가면서 항구에 닿는다. 인
간과 인간 사이에서는 신호가 가장 아름답다. 신호는 나 자신을 상대
적으로 이해할 수밖에 없는 자의 슬픈 울음과도 같다. 그 신호들이 서
로를 확인하고 서로의 상대성을 긍정할 때, 선박은 대양을 건너가고
자동차는 고속도로를 달릴 수 있고 자전거는 산맥을 넘어온다.

우리는 새처럼 원양을 건너갈 수 없다. 우리는 득도한 고승처럼 오
도송을 읊조리며 고공으로 치솟을 수 없다. 우리는 사람과 사람 사이
의 신호를 따라서 저 자신의 위치를 확인해가면서 대양을 건너갈 수
있다. 그러므로 우리들의 항해는 더듬으면서 겨우 기어가는 꼴이다.
신호를 더듬으면서 기어가는 길은 확실한 길이다. 사람의 신호가 사
람에게 닿지 않을 때, 고속도로에는 무인 감시 카메라가 늘어난다. 무
인 감시 카메라 밑을 달려서 피서지로 가는 사람들아, 당신들의 여름
여행에 많은 신호들이 당도하기를 바란다. 그 신호들과 더불어 일상

의 밥벌이로 돌아오라. 일이 밀린 나는 피서도 못 가고, 이 염천에 책상 앞에 앉아서 가끔씩 항해학, 조류학, 항로표지법, 등대의 작동방식 같은 책이나 읽고 있다.

자연의 신호를 인간의 언어로 해독하는 촉수

풍향계는 늘 민감한 정확성으로 바람의 방향을 가리킨다. 바람의 방향을 북서풍, 남동풍 식으로 분류하지만, 바람은 종잡을 수 없는 것이어서 북서풍이 부는 날 풍향계는 북쪽 방향과 서쪽 방향 사이에서 쉴새없이 방향을 바꾸며 움직인다. 풍향계는 자연을 관측하기 위해 인간이 고안해낸 장치들 중에서 가장 감수성이 예민하고 가장 바쁘다. 풍향계는 대륙 건너편에서 불어오는 크고 먼 바람의 계통을 직접 가리키는 것이 아니라 계기의 꼬리에 와서 부딪치는 가까운 바람의 힘에 따라 방향을 바꾸는데, 그 가까운 바람의 모든 미세한 변화에 정확히 반응함으로써 결국은 먼 바람의 방향을 짚어낸다. 바람이 불어오는 쪽을 향해 화살표를 돌려대는 풍향계는 바람 속에서 바람을 맞으며 살아가는 생물이다.

나침반은 늘 고정불변의 한 점을 가리킨다. 나침반 바늘이 저절로 돌아서 북쪽을 가리킬 때 그 바늘 끝은 엄숙하고 삼엄하다. 정북正北을 찌르면 바늘은 미동도 하지 않는다. 그때 나침반 바늘이 가리키는 방향 안에서는 움직이는 것들이 없고 바늘이 가리키는 방향은 지리적 장애를 염두에 두고 있지 않다. 그래서 그 삼엄한 바늘 끝은 추상적인 관념처럼 느껴진다.

배들은 이 엄격성의 힘으로 항해한다. 나침반 바늘에 비하면 풍향계의 화살표는 얼마나 발랄하고 경쾌한가. 그 화살표는 움직이는 대기의 흐름에 정확히 반응하면서 물리적 세계의 신호들을 부지런히 끌어모아서 인간의 세상으로 전한다.

등대에 설치된 풍향계가 가장 부지런하다. 등대의 풍향계는 그 날렵한 한 가닥의 화살표로 바람 부는 대양 전체의 기류를 감지해낸다. 등대는 인간이 인간에게 보내는 신호이고, 풍향계는 자연의 신호를 인간이 해독할 수 있는 언어로 바꾸어서 인간 쪽으로 건네주는 장치다. 풍향계 화살표 끝에는 바람개비風速計가 달려 있다. 이 바람개비는 그 회전수에 따라서 바람의 속도를 측정한다. 바람이 세게 불면 빠르게 돌아가고 바람이 약해지면 느리게 돌아간다. 등대의 풍향계 끝에 달려 있는 바람개비는 늘 너무 빨리 돌아가서 그 형태는 보이지 않고 달무리처럼 뿌연 환幻만이 보인다. 풍속계는 돌고 또 돌면서 대양을 건너오는 바람의 힘을 감지해낸다. 풍향계 화살표가 방향을 바꿀 때, 그 끝에 매달린 바람개비는 따라서 움직인다. 그래서 풍속계는 언제나 바람을 정면으로 맞으면서 돌아간다. 바람은 끝없이 불어오고 바람개비는 영원히 돌아간다. 등대는 신호의 집이다. 그래서 모든 등대에는 풍향계를 세우고 그 화살표 끝에 풍속계를 매단다.

바람은 바닷물을 재우거나 흔들어 깨우거나 미쳐 날뛰게 한다. 바다는 바람이 쓸고 지나가는 마당과도 같다. 바람이 없을 때 해면은 거

풍향계는 바람 속에서 살아 있는 생명체와 같아서
꼬리에 와닿는 잔바람에 섬세하게 반응하면서
크고 먼 바람의 계통을 감지해낸다.

울과 같다. 물 위에 고기비늘 같은 잔주름이 잡히면 실바람이고, 작은 파도가 생기면 남실바람이다. 파도의 대가리들이 부서지고 흰 거품이 일어나면 산들바람이고, 파도의 길이가 길어지면서 옆으로 연대를 이루면 건들바람이다. 파도가 더 길어지고 흰 거품이 위로 치솟으면 흔들바람이고, 흰 거품이 파도의 전면에서 일어나면 된바람이고, 흰 거품이 대열을 이루어서 달려들면 센바람이고, 흰 거품이 부서져서 물보라가 날리면 큰바람이다. 물보라가 심해져서 시야가 흐려지고 파도의 대가리가 휘어지면 큰센바람이고, 흰 거품이 덩어리를 이루어 물 전체가 뿌옇게 보이면 노대바람이고, 큰 파도가 작은 파도를 때려 부수면서 달려들면 왕바람이고, 물거품과 물보라로 수면 전체가 뒤덮이면 싹쓸바람이다. 등대의 풍향계와 풍속계는 화살표 한 개와 바람개비 한 개로 이 모든 바람의 힘과 빠르기를 감지해서 그 내용을 인간의 세상으로 전한다.

숨쉬면서 움직이는 바다

선미도 등대에서 굴업도 쪽으로 2마일쯤 떨어진 해상에 기상부표가 떠 있다. 이 기상부표는 선미도 등대의 최전방 관측소다. 기상부표는 무인 시설이다. 기상부표에는 해양기상관측장비Buoy · 부이가 가설되어 있다. 기상부표는 바닷물 위로 뻗은 인간의 촉수다. 기상부표의 해양기상관측장비는 풍향, 풍속, 기압, 기온, 습도, 수온, 파고, 파주기, 파향을 자동관측해서 그 정보를 등대의 풍향계로 보낸다.

태풍이 밀려올 때 이 해양기상관측장비는 바다가 뒤집히는 악천후 속에서도 지속적으로 바람과 물결을 관측해서 그 정보를 등대의 풍향계로 전하고 기상청은 전 국토의 풍향계들이 전하는 정보를 종합해서 태풍의 진로를 판단하고 기상 특보를 발동시킨다. 수영만 앞바다, 거제도 먼바다, 거문도 앞바다, 칠발도 앞바다, 덕적도 앞바다에는 그 막막한 물 위에 기상부표가 떠 있다. 등대 직원들은 망원경으로 이 기상부표나 바다 위에 뜬 여러 표식물들의 이상 여부를 관측하고 변하는 구름의 모양을 들여다보고 그 흐름을 파악한다. 구름이 1시간 전보다 많아졌는지, 구름이 흐르는 속도가 빨라졌는지, 구름이 뭉쳤는지 흩어졌는지, 인간의 시야는 시간에 따라서 어떻게 변해가는지를 그들은 목측으로 관찰하고 관찰된 정보를 기상청으로 보낸다.

　등대는 쉴새없이 세계의 기미를 살핀다. 기미는 작은 조짐이다. 조짐은 거대한 현상을 이끌고 다가온다. 사소한 기미는 거대한 전체성의 예고다. 조짐을 파악한 사람만이 예측 가능한 미래를 대비할 수 있다. 풍속계 바람개비는 모든 조짐에 따라 돌아가고 풍향계 화살표는 모든 기미의 방향을 가리킨다. 그것들은 자연과 문명 사이에서 잠들지 않는 인간의 촉수다.

　풍향계 화살표가 돌아갈 때, 바다는 숨쉬면서 움직인다. 그 기미와 조짐에 의해서 연안여객선은 출항하거나 회항하고 바다에는 폭풍주의보가 내린다.

　선박에 통신장비가 빈약했던 시절에는 바다에 폭풍경보가 내리면

라디오 뉴스를 전하는 여자 아나운서가 "이 해역을 지나는 소형 선박들은 주의하시고, 계속해서 기상통보에 귀를 기울여주시기 바랍니다"라고 말했다. 자연이 인간으로 보내는 신호가 인간이 인간에게 보내는 신호로 바뀌는 순간이다. 그 신호의 연결체계 속에서 맹렬히 돌아가는 바람개비는 아름다워 보였다.

태양보다 밝은 노동의 등불
영일만

영일만은 빛의 바다다. 햇빛은 밝고 달빛은 깊고 바람은 맑다. 모든 새벽들은 개벽처럼 이 바다에 찾아온다. 서기157년에 신라 임금은 이 바닷가마을에서 인간 세상에 빛을 맞아들이는 제사를 지냈다. 그때, 사라졌던 빛은 인간 세상으로 돌아왔다. 임금은 그 제사터마을을 일월日月이라고 이름지어주었다. 이 마을은 지금도 일월동인데, 포항에서 구룡포로 가는 31번 국도변이다. 신라 임금은 또 인간 세상이 빛을 맞아들이는 이 들머리 바다를 영일迎日이라고 이름지었다. 그래서 새 천년의 이 바다는 영일만이다.

요堯는 중국 전설시대의 황제다. 어질고도 강력한 임금이었는데, 그의 덕은 세계의 구체성을 파악하는 능력에 있었다. 그는 짐승들이 교미하는 계절과 봄에 새 털이 돋아나는 시기를 알아서 살폈고, 백성들이 바쁠 때와 한가할 때, 넉넉할 때와 모자랄 때를 미리 알았다. 가장 알기 쉬운 앎이 가장 소중한 앎이라는 것을 그는 알았는데, 이 앎은 쉬운 앎이 아니다.

황제는 아침마다 떠오르는 해를 경건하게 맞았고, 저녁마다 저무는 해를 공손하게 배웅했다. 황제의 나라는 일출의 바다처럼 순결했고 날마다 새로웠다. 강건하되 포악하지 않았으며, 검박하되 비루하지 않았다. 중국 전설에 해가 처음 뜨는 땅을 양곡暘谷이라 하였다. 황제는 이 양곡마을에 일관日官을 상주시켜 떠오르는 태양을 절하며 맞이하게 하였다. 고대 중국의 양곡은 곧 신라의 일월마을이며, 새 천년의 영일만이다.

포항에서 출발하는 자전거는 영일만 해안선을 따라서 동북쪽으로 간다. 장기곶 등대를 돌아서 해안도로를 따라 구룡포까지 내려간다. 구룡포부터는 바닷길을 버리고 산길로 들어간다. 금오산240미터 꼭대기에서는 영일만과 포항 시내가 한눈에 보인다. 자전거는 산길로 금오산을 넘어서 다시 영일만 바닷가로 내려올 예정이다.

빛과 바람에 몸을 절여가며 영일만 바닷가를 달릴 적에, 몸속에서 햇덩이 같은 기쁨이 솟구쳐올라, "아아아" 소리치며 달렸다. 삶을 쇄신하는 일은 결국 가능할 것이었다. 길이 아까워서 천천히 가야 하는데, 길이 너무 좋아서 빨리 가게 된다. 뒤로 흘러가는 바다와 앞으로 흘러오는 바다의 길을 "아아아" 소리치며 달렸는데, 새로운 시간의 바다는 끝도 없이 펼쳐져 있었다. 기어를 높이 끌어올리고 한 번 저어서

영일만의 겨울바다
겨울 영일만의 밤바다는 오징어잡이 어선들의 등불로 대낮처럼 밝다.
수평선 너머에서 노동의 불빛들은 태양보다 밝다.
아침해가 떠오르면 이 불빛은 사위어들고 만선을 이룬 어선 몇 척 포구로 돌아온다.

수십 바퀴를 굴렸다. 길을 버리고 새처럼 날아가는 판인데, 기어의 묵직한 저항이 두 다리에 걸리는 걸 보면 역시 몸은 길에 붙어 있다.

지금 영일만의 오징어떼들은 어촌마을 앞바다까지 바짝 몰려와서 바닷물이 끓듯이 우글거린다. 오징어 산지 도매가격이 날마다 들쭉날쭉해서 한 마리에 160원 하는 날도 있고 200원 하는 날도 있지만, 오징어떼들이 이처럼 가까이 와준 것은 신나는 일이다. 작은 포구마을은 밤이고 낮이고 잠들지 않는다. 오징어떼가 마을 앞바다에 머무르는 동안 한 마리라도 더 건져올려야 한다. IMF 이후 거덜난 도회지에서 상처받은 마을 젊은이들이 다시 고기 잡는 고향으로 돌아와 밤배를 타고 바다로 나아간다. 배가 선착장에 닿는 순간 오징어는 돈으로 바꿀 수가 있다. 부부가 나아가고 부자가 나아가고 삼촌과 조카 들이 함께 바다로 나아간다. 동틀 시간이 아직도 먼 새벽 포구마다 긴 고무장화에 오리털 파카를 입은 젊은이들이 구멍 뚫린 드럼통 속에 장작불을 때면서 바다에서 얼어 돌아온 몸을 녹였고, 선착장에서 기다리던 늙은 어머니들은 라면을 끓여서 젊은이들을 먹였다. 오징어떼 찾아온 포구마을은 젊은이들의 활기로 왁자지껄했고, 사람 사는 일의 아름다움과 눈물겨움이 그만하면 모두 족할 터인데, 이제 처녀들만 돌아오면 될 것이었다.

0.7톤은 동력어선이 성립할 수 있는 최소의 규모다. 경운기 모터를 발동기로 삼고 어창과 어구만을 갖추었다. 무선기가 없어서 어업무선국의 전파를 받을 수가 없지만 0.7톤의 어부들은 캄캄한 밤 바다에서

휴대전화로 연락해서 0.7톤끼리 서로를 보호한다. 휴대전화로 연락해서 고장난 이웃집 배를 챙겨주고 휴대전화로 선착장에서 기다리는 아내에게 배 돌아갈 시간을 알린다. 0.7톤의 휴대전화는 아름다워 보였다.

지금 영일만의 모든 0.7톤은 줄어중이다. 1.5톤도 나아가고, 1.7톤도 나아가고, 2톤도 나아간다. 발전 집어등을 갖춘 100톤짜리 배들은 수평선 너머까지 나아가지만 이 잠자리떼 같은 목선들은 포구마을에서 0.5마일 떨어진 바다에서 배마다 만선을 이룬다. 모두 다 만선인 것이다.

서기157년에 이 영일만 포구마을에 고기 잡는 젊은 부부가 살았다. 부부는 가난했다. 배가 없어서 가까이 오는 고기를 잡거나 해초를 따서 살았다. 남자의 이름은 연오延烏였고 여자의 이름은 세오細烏였다. 아마도 그해에 이 고기잡이 부부는 어로작업중 안전사고로 실종되었던 모양이다. 신라 아달라왕阿達羅王 시대의 역사는 바닷가 바위가 이 부부를 싣고 일본으로 건너갔고, 이 부부는 일본의 왕이 되었다고 기록하고 있다.(『삼국유사』) 이 가난한 고기잡이 부부가 실종되자 영일만에는 해와 달이 빛을 잃었고 신라는 암흑 천지가 되었다. 임금은 그 부부가 실종된 바닷가에서 하늘에 제사를 지내 빛을 다시 모셔들였다. 빛은 결국 인간의 내면에 있었던 것이다. 고기잡이 부부가 실종되자 빛은 사라졌다.

일연 一然은 이 전설에 서기157년신라 아달라왕 4년, 정유이라는 절대 연도를 부여했다. 이것이 그해에 실제로 있었던 역사적 사실이라는 말이다. 영일만 바닷가에서 그 전설은 절대 연도와 함께 사실처럼 느껴졌다. 아마도 그것은 사실일 것이었다. 빛이 인간의 내면에 있다는 것이 사실이 아니고 무엇이랴. 2,000년 후의 이 바닷가에는 포항제철과 포항공대가 들어섰다. 포항공대의 방사광가속기는 기존의 빛을 수백억 배까지 밝게 증폭시킨다. 이것은 꿈의 빛이다. 물질은 이 빛 속에서 새로운 구조와 의미를 드러낸다.

새벽 바다에 수많은 0.7톤들이 돌아온다. 연오와 세오 들이 돌아오고 인간의 빛이 인간의 마을로 돌아온다. 새벽 영일만에서는 알겠다. 모든 빛은 인간의 내면의 빛이다. 일연은 그렇게 말한 셈이다. 방사광가속기의 빛도 그러하다. 바닷가를 달리는 자전거 바퀴살에 서기157년의 영일만 아침 햇살은 부서진다.

어부들이 권하는 생선회

장기곶, 대보, 감포 마을 어부들과 술을 마시면서 무릇 생선회란 어떠해야 하는가를 배웠다. 회를 먹을 때는 피해야 할 것이 두 가지이다. 첫째는 양식된 생선이고 둘째는 냉동된 고기이다. 광어와 우럭은 사람들이 가장 좋아하는 횟감이다. 값도 가장 비싸다. 지금 동해안 어촌에도 자연산으로 냉동 안 된 광어나 우럭은 거의 없다고 보아야 한다. 어쩌다가 몇 마리씩 그물에 걸리기도 하지만, 바다에서 놀던 광어나 우럭은 수족관 안에 넣으면 몇 시간 안에 다 죽는다. 견디지 못하는 것이다. 죽으면 도리 없이 냉동해야 한다. 양식장에서 자란 광어나 우럭은 수족관 안에서도 잘 산다. 그놈들은 사람이 잡아먹을 때까지 며칠이고 그 안에서 살아서 버틴다. 거기가 제 고향이기 때문이다.

어부들은 비싼 값을 치르며 양식되고 냉동된 광어나 우럭을 먹지 말고 도다리를 먹으라고 권한다. 도다리는 양식으로 키울 수가 없다. 도다리는 사람이 주는 먹이를 받아먹지 않는다. 생선도 성질에 따라서 팔자가 제각각이다. 광어와 도다리는 비슷하게 생겨서 구별하기 어렵다. 광어는 이빨이 있고 도다리는 이빨이 없다.

오징어는 동해안에 오는 사람들이 가장 많이 사가는 생선이다. 반쯤 말린 오징어를 동해안에서는 '피데기'라고 부른다. 오징어는 배에서 잡자마자 널어서 말린 것을 으뜸으로 친다. 어창에서 며칠씩 묵혀두거나 냉동했다가 꺼내서 말린 오징어는 하품이다. 이걸 구별하는 방법은 오징어의 몸통 가운데 세로로 나 있는 검붉은 줄이다. 이 줄은 오징어가 죽은 지 2~3일이 지나면 없어진다. 말린 상태에서, 이 줄이 굵고 선명하게 드러나 있는 오징어가 좋은 오징어. 오징어를 고를 때는 면적이 넓은 것을 피해야 한다. 크다고 다 좋은 것이 아니다. 냉동 오징어는 육질이 다 풀어져서 널어놓으면 밑으로 늘어나서 면적이 커진다. 자연 상태에서 바로 말린 오징어는 오그라들면서 두께가 두꺼워진다. 살이 투명하고 두껍고 폭신폭신한 오징어가 좋은 오징어다. 또 다리 10개가 모두 벌어져 있는 오징어가 좋은 오징어다. 다리

끼리 들러붙어 있는 오징어는 잘 마르지 않은 것이다. 들러붙은 부분이 변질해서 냄새가 난다.

멸치회도 좋다. 멸치는 양식되지 않는다. 모두 자연산이다. 포구 마을 좌판에서 삼천원어치만 사면 셋이서 충분히 먹는다. 비늘을 긁어내고 대가리만 잘라내면 통째로 먹을 수 있다.

산하의 흐름에는 경계가 없다
중부전선에서

책상에서 25,000분의 1 지도를 읽듯이 육안으로 산하를 읽어낼 수는 없다. 지도는 시계視界 너머의 산하를 개념화하고, 육안으로 더듬는 산하는 늘 시계 안에 갇힌다. 중부전선 남방한계선상의 태풍전망대는 남한 땅에서 가장 넓은 내륙의 시계를 허용한다. 영주 부석사에서 바라보는 소백산맥의 능선이나 군산 옥구 염전에서 바라보는 만경강 갯벌과 서해 쪽의 시계는 넓고, 그 시계의 권역은 비어 있다. 거기서 시선의 사정거리는 빈 공간의 가장자리쯤에서 끝나고 그 너머에 닿지 못한다. 시선이 닿지 못하는 그 너머의 공간이 다시 사람을 유혹하지만 시선은 결국 그 공간을 감당하지 못한 채 기진하는 것이어서, 옥구 염전에서는 보이는 것보다 보이지 않는 것들이 더 크다.

태풍전망대에서는 넓은 시계 안이 산과 강으로 가득 차서 출렁거린다. 보이는 모든 것들이 보려는 자들의 시선을 맞아들여서 여기서는 흔들리는 산하의 리듬감이 시선을 따라 몸속으로 흘러들어온다.

DMZ 남북 가로지르는 임진강

임진강은 함경도, 황해도의 내륙산악을 파행하며 내려와 비무장지대 구간을 S자로 흘러서 경기도 연천군 왕진면 고잔하리의 배터거리(이 옛 나루터에 지금은 '필승교'라는 다리가 놓여 있다)에서부터 남한 땅으로 유입한다. 태풍전망대에서는 황해도 금천 방면에서 흘러내려와 비무장지대를 건너오는 임진강의 전 구간이 한눈에 보인다. 산이 하늘과 맞닿은 먼 곳에서 강은 흘러온다. 산들이 강이 나아가는 길을 비켜주는 것인지, 강은 산들의 기세가 낮게 엎드린 유순한 언저리를 골라서 돌아나온다.

유로 연장 10킬로미터 미만의 작은 하천 세 개가 비무장지대를 동서로 흘러와 임진강에 닿는다. 작은 개울들도 작은 산들의 낮은 곳을 파고들었고 산들이 비켜가면서 강의 앞길을 예비하는 것이어서, 이 고지에서 강과 산은 서로 반가워하면서도 어려워하고 있었다.

이 관측소에서 휴전선까지의 직선거리는 800미터라고 젊은 장교는 설명했다. 그러나 휴전선은 아무런 가시적 표지물도 아니었다. 그것은 이 지상의 물리적 공간 속에 부재하는 금이었다. 그 부재하는 금의 북쪽에서 산들은 바다처럼 출렁거리며 남쪽으로 몰려내려왔고 산협을 빠져나온 작은 물들이 큰물에 닿아 남으로 흘렀다. 산하의 리듬은

고잔천의 긴 물줄기

고잔천은 군사분계선 위의 마량산 밑에서 발원해서
비무장지대를 건너와 임진강에 합쳐진다.
고잔천은 유로 7킬로미터의 파행천으로 북한 오장동 농장의 수자원이다.

태풍전망대에서 바라본 임진강
함경남도, 강원도의 산악을 휘돌아온 물이 S자로 굽이치며 비무장지대를 건너온다.
인기척 없는 산하를 건너서 물은 오고 또 온다.

멀어서 보이지 않는 것들을 불러들이는 진양조이거나 치솟고 잦아드는 휘모리였다.

관측소 앞 강 건너 쪽으로 북한의 오장동 농장 370,000평이 펼쳐져 있었고 농장의 가장자리를 흐르는 개울이 석양에 붉었다. 먼 산들이 포개진 골짜기와 그 사이의 분지들은 보이지 않았으나, 보이지 않는 산간마을들이 봄 농사를 준비하느라고 논두렁을 태우는 연기가 남쪽으로 흘러왔다. 연기는 낮게 깔리면서 봉우리들을 덮었다. 한국전쟁의 격전지 베티고지와 노리고지 피의 능선은 고도 150미터 미만의 야트막한 토산이다. 지금은 물이 올라 신록의 싹을 내민 수목으로 덮여 있다.

내려다보이는 격전의 고지들이 한 움큼의 흙더미였는데, 쓰다듬어 주기를 기다리는 강아지처럼 낮게 엎드려 있었다. 남방한계선 능선을 따라서 초소와 교통호는 끝없이 이어졌고, 야간 경계근무를 신고하는 병사들의 고함소리가 능선을 따라 울려퍼졌는데, 저무는 진양조의 산하는 더욱 먼 것들을 불러들이고 있었다.

돌려주고 싶은 브래지어

태풍전망대에는 지난 1984년 9월 홍수 때 임진강 상류에서 떠내려온 북한 여성의 브래지어 2개가 전시되어 있다. 강이 넘칠 때 브래지어가 떠내려왔고 북한 아이들의 장난감과 양말, 모자, 장갑도 떠내려왔다. 장난감은 나무를 칼로 깎아서 손으로 만든 권총이었다. 권총의

'노획품'인 북한 여성의 브래지어. 가슴이 작은 여자의 것으로 보인다.

흔적을 느끼게 하는 나무토막이었다. 아마도 그 아이 아버지나 삼촌의 솜씨였을 것이다.

브래지어와 아이들 장난감이 떠내려올 정도였으니, 상류 쪽 북한 지역 산간마을이 물에 휩쓸려 가재도구가 모조리 흩어졌던 모양이다. 그 마을이 어느 마을인지, 누가 집을 잃었고 누가 죽었는지 알 수 없으나, 그 마을 여자들의 브래지어 두 개는 아군 관측소에 전시되어 있다. 관측소를 지키는 장병들은 이 브래지어를 '노획품'이라고 불렀다. 노획된 브래지어 2개 중 하나는 출산을 경험하지 않았거나 가슴이 작은 젊은 여성의 것으로 보였고, 또하나는 심한 가사노동이나 들일을 감당해야 하는 나이든 여자의 것으로 보였다.

젊은 여성의 것으로 보이는 브래지어는 삼각형이었고 사이즈는

A컵 정도였다. 컵 위에 장미꽃무늬가 돋을새김으로 수놓아져 있었다. 컵 밑 선에 와이어를 쓰지 않고 고무줄 끈을 댔지만, 고무줄 끈은 부드럽고 탄력이 좋아서 가슴을 받쳐 올려주기에는 와이어 못지않게 조일 힘이 있어 보였다. 삼각형의 컵 두 개가 간격이 없이 한 개의 점에서 만나고 있었다. 이런 브래지어를 쓰면 가슴의 골짜기가 깊어 보이고 컵이 가슴을 2분의 1이나, 3분의 2만 가리기 때문에 작은 가슴도 빈약해 보이지 않는다. 컵은 봉긋하지도 않았고 평면도 아니었다. 컵은 과장된 입체 재단을 하지 않았고 패드를 붙여서 볼륨을 조작하지도 않았다. 이 컵은 작은 가슴의 밑 부분을 편안하게 받쳐주었을 것으로 보였다. 삼각형 컵의 꼭짓점에 어깨 끈을 매단 바느질 솜씨도 깔끔한 편이었다.

북한 여성들은 중학생 때부터 제 손으로 브래지어 만드는 바느질을 교육받는다고 들은 적이 있지만, 이 노획된 브래지어는 여자 가슴의 조형성을 이해하는 디자인감각과 그 감각을 표현해낼 수 있는 기술을 갖춘 봉제공장에서 대량생산된 물건이 아닌가 싶었다.

나이든 여자의 것으로 보이는 브래지어는 우리나라 어머니들이 쓰시던 통치마 말기와 닮아 있었다. 컵이 따로 없고 넓은 천으로 가슴을 압박해서 등 뒤로 꽁꽁 묶는 방식이었다. 그러나 치마와는 분리된 별개의 란제리였고, 어깨 끈이 달려 있는 점은 우리 어머니들의 치맛말기와는 달랐다. 천은 두꺼운 면이었고 폭이 넓었다. 이런 브래지어를 쓰면 가슴은 납작하게 눌러서 윤곽이 드러나지 않지만, 흔들리지 않아서 힘든 일 하기에는 좋겠다.

　낡은 브래지어들이었다. 오랫동안 살 속에 파묻혀서 등 뒤로 돌아가는 끈과 컵 밑 선은 솔기가 터져서 실밥이 흩어졌고, 흙탕물이 배어서 누렇게 변색되어 있었다. 그 낡은 브래지어는 나에게 성적 존재로서의 북한 여성을 처음으로 일깨워주었다. 늘 한복을 입고 TV에 나와서 복받치는 혁명의 감격과 영웅주의적인 적개심으로 목울대를 떨면서 뉴스를 전하는 북한 여자 아나운서들이나 몇 년 전 부산 아시안게임 때 만경봉호를 타고 와서 꾀꼬리 창법의 노래와 학습된 미소를 보여주던 북한 여자 응원단에게서 나는 아무런 인간의 개별성도 느낄 수 없었다.

　아군 관측소에 전시된 북한 여성의 낡은 브래지어는 살아서 가슴을 꾸미는 성적인 여자의 체취를 풍긴다. 이 여자는 지난번 홍수에서 살아남았을까. 살았는지 죽었는지 알 수 없는 여자의 브래지어가 남쪽과 북쪽의 산하가 한꺼번에 내려다보이는 남방한계선 고지의 관측소에 개별적 여자의 존재로서 전시되어 있다. 여기는 철책선 밑이다. 내 자전거 핸들에 이 브래지어를 매달아 바람에 날리면서 경의선 도로를 달려가 누구인지 알 수 없는 젊은 주인에게 가져다주고 싶다.

10만 년 된 수평과 30년 된 수직 사이에서

고양 일산 신도시

내가 사는 마을은 경기도 고양시 일산구, 일산 신도시 지역이다. 경의선 철로의 왼쪽 평야지대로 그 서남쪽은 한강 하류에 닿아 강 건너로 김포평야를 마주 대한다. 1990년에 일산 신도시 개발사업이 시작될 때 이 지역은 차지고 향기롭기로 유명한 일산미—山米가 생산되던 논이었다. 이 평야와 인접된 고양의 낮은 언덕에서는 10만 년 전의 구석기 유물들이 출토되었다. 그러나 일산의 10만 년 역사는 1990년을 고비로 천지가 개벽하듯 바뀌어 논바닥은 신도시가 되었다.

일산 신도시는 수평의 삶을 수직의 삶으로 바꾸어놓은 마을이다. 자전거를 타고 자유로 언저리의 논길을 따라 교하, 출판문화단지, 오두산전망대를 거쳐 곡릉천 쪽으로 달려갈 때 나는 10만 년 된 수평과 30년 된 수직 사이를 기웃거린다.

우리 마을에서는 해발 고도 83미터의 정발산이 가장 높은 산이다. 나머지 지역은 모두 해발 15미터 정도의 밋밋한 언덕들이 한강 쪽을 향해 흘러내리고 그 사이에 작은 골짜기들이 이어져 있었다고 구일산 지역의 노인들은 기억하고 있는데, 지금은 모두 불도저에 밀려나가서 언덕도 골짜기도 남아 있지 않다. 삶을 수직으로 세우기 위해서는 우선 그 땅을 수평으로 밀어붙여야 한다. 수직의 도시가 들어서기 이전에 이 일산평야는 낮은 언덕과 골짜기 들로 고저감高低感을 지니고 있었겠지만, 삶의 공간이 수직으로 바뀐 뒤 이 도시의 바닥은 이제 깎은 듯한 수평이다. 주거와 생활은 땅의 굴곡과 고저에 구체적으로 적응하는 방식이 아니라, 수직구조물들을 받아내는 평면의 입지 위에서 펼쳐지고 있다. 10만 년 동안의 풍경이 30년 만에 바뀐 것이다.

정발산 꼭대기에서는 이 시가지의 풍경이 내려다보인다. 강폭이 아득히 넓어진 하류의 한강이 느리게 흘러서 김포반도의 북단으로 돌아나가고 그 안쪽으로 수직의 건물군이 들어서 있다. 밤에는 러브호텔, 카바레, 안마시술소의 네온사인과 교회의 네온사인이 뒤섞여 불야성을 이룬다. 날이 저물면 사찰들의 용마루와 처마에도 네온사인이 켜진다.

30년 전의 논바닥을 갈아엎어서 세운 마을은 거대하고 휘황찬란한 세속 도시다. 세속 도시의 교회들은 가정의 순결과 건강을 가장 중요한 현세적 덕목으로 가르친다. 일부일처제는 그 덕목의 풍속적 안전장치다. 일산 신도시의 중산층 구역은 과연 일부일처제를 신봉하고 실천하는 시민들의 마을처럼 보인다. 작은 근린공원들마다 숲이 우거져 있다. 그 공원에서 아이들이 그네와 미끄럼틀을 타고 저녁이면 일찍 퇴근한 중산층의 가장들이 유모차를 미는 아내와 산책에 나선다. 그들은 애완견을 알뜰히도 보살피는 자애의 풍속을 일상화시켜서 이 마을의 동물병원은 성업중이다.

저녁이면 교회의 십자가 불빛 사이로 러브호텔의 네온사인이 켜진다. 창궐하는 러브호텔들은 한때 이 마을 주부들의 집단적 분노를 불러일으켰다. 주부들은 러브호텔 허가 취소와 러브호텔 주차장의 비닐 커튼 철거를 요구했고, 시장은 책임지고 물러나라는 아우성도 있었다. 건축 허가나 영업 허가를 규정한 법률에 '러브호텔'이라는 업종은 없다. 러브호텔은 숙박업으로 허가된 접객업소다. 학교 울타리 밖에서 150미터 떨어진 장소에 허가된 숙박업소는 허가권자에게나 업자에게나 정당한 시설물이다. 적법하게 허가된 숙박업소에서 성인남녀들이 자유로운 합의하에 '러브'를 할 때, 시장의 행정력이 이 '러브'를 단속할 법적 근거는 아마도 없을 것이다. 행정력뿐 아니라 경찰력이나 계엄령으로도 이것은 어쩔 수 없는 사태처럼 보인다. 러브호텔에 드나드는 '년놈'들은 이 동네 주민들이 아니라 모두 '외지놈'들이라고 주장하는 주민들도 있었다. 눈이 맞고, 몸이 단 남녀들이 러브호텔에 갈 때는 저 사는 동네에서 멀리 떨어진 남의 동네로 간다는 주장은 인간성의 자연스러움에 비추어볼 때 가히 틀린 말은 아닐 것이다. 그러나 어느 한 지역의 주민 전체가 다른 지역 주민보다도 도덕적으로 우월하거나 저열하다고 주장할 근거는 없다. 시대도 마찬가지여서, 한 시대는 다른 시대보다 도덕적으로 우월하거나 저열하지 않을 것이다. 그러니 일산 신도시 지역의 러브호텔에 드나드는 '년놈'들이 모두 '외지놈'들이라면, 일산 지역 주민들은 일산이 아닌, 다른 지역의 러브호텔을 드나든다는 말인가. 이런 시비를 끝까지 규명할 필요는 없으리라.

러브호텔 주차장 입구는 비닐커튼으로 가려져 있다. 대낮에도 주차장은 자동차들로 가득 차 있다. 비닐커튼 밖은 인도다. 그 인도 위로 유모차를 미는 젊은 주부가 지나간다. 비닐커튼은 자동차를 가려서 러브의 익명성을 보호하는 장치다. 구청에 등록하고 합법적으로 이루어지는 혼내 정사건, 눈먼 치정이건, 다급한 간통이건, 매춘이건 간에 러브의 익명성은 보호받아야 마땅하다. 나는 간통과 치정을 편드는 것이 아니라 익명성의 존엄을 편든다. 그렇게 말하는 것이 훨씬 더 인간의 모습에 가깝다. 러브호텔 주차장의 비닐커튼은 위선과 기만의 장치다. 이 기만의 장치가 볼 것과 보지 말아야 할 것, 알 것과 알지 말아야 할 것을 격리하는 문화적 사명을 수행한다.

10만 년의 세월이 흘러서 이제 천지개벽된 이 신도시에서는 진실이 아니라 기만의 장치가 인간을 보호하고 가정의 평화를 버티어준다. 내가 사는 마을에, 그리고 전국의 모든 신도시와 휴양지, 명승지마다 러브호텔이 창궐해서 성업중인 사태의 문명사적 배경은 이 시대의 도덕이 특별히 타락했기 때문은 아닐 것이다. 공자나 예수도 자신

일산 신도시의 밤
이 땅은 구석기 이래 10만 년 동안 한강이 범람하는 갈대밭이었다.
한강 둑이 완공된 뒤에는 경작지로 변했고,
1990년부터 경작지를 갈아엎고 신도시 개발이 시작되었다.
수평의 삶은 수직의 삶으로 바뀌었다.

들 시대의 타락을 개탄했다. 아마도 러브호텔이 창궐하게 되는 배경은 인간이 일부일처제에 승복할 수 없는 마음의 바탕을 지니고 오랜 세월 동안을 일부일처제의 억압 밑에서 살아왔기 때문일 것이다. 사실 일부일처제의 역사는 오래지 않지만, 일부일처제의 세월은 신석기나 구석기보다 더 길게 느껴지고, 계급적 억압보다도 더 무거운 하중으로 인간을 짓누른다.

고려나 조선 시대에 물론 러브호텔은 없었겠지만, 러브외양간이나 러브마구간, 러브물레방앗간, 러브밀밭, 러브보리밭이 있었다. 그 시대에는 밀밭과 보리밭이 러브의 익명성을 보호하는 장치였을 테지만, 이 신도시에서는 비닐커튼이 보리밭을 대신해주고 있다. 밀밭과 보리밭은 자연풍경의 일부로 주거지 옆에 펼쳐져 있었지만 이 신도시의 러브호텔은 휘황찬란한 불야성의 풍경으로 주거지 옆에 들어서 있다. 그러니 천지개벽이라 해도 달라진 것은 별로 없다. 수평의 삶이 수직의 삶으로 바뀌어도 달라질 수 없는 것들은 결국은 달라지지 않는 모양이다. 러브호텔을 몰아내야 한다는 논의가 뜨겁게 달아올랐을 때, 격분한 주부들은 러브호텔 주차장의 비닐커튼을 제거하도록 행정력을 발동해달라고 시청에 요구했다. 매우 위태로운 순간이었다. 비닐커튼을 제거한다면 이것이야말로 개벽이겠구나…… 나는 조마조마했다. 그러나 시청의 행정력이 비닐커튼을 제거할 수는 없었다. 업소의 영업시설에 건축법상의 위법사항이 없는 한 행정이 그 시설물을 철거할 수는 없는 것이라고 한 공무원은 설명해주었다. 비닐커튼은 여전히 주차장 입구에 걸려서 드나드는 자동차를 숨겨주고 있다. 신도시에 날이 저물면 짙게 선팅한 자동차들이 비닐커튼을 젖히면서 주차장 안으로 들어간다. 핸드마이크를 둘러멘 교인이 러브호텔 앞에서 호텔 안으로 들어가는 남녀의 등 뒤에 대고 외친다.

"회개하라, 종말이 가까이 왔다!"

나는 길 건너편 카페에 앉아 술을 마시면서 그 광경을 보았다. 내가 사는 신도시에서는 혼자서 웃을 수밖에 없는 일들이 많다. 나는 혼자서 낄낄낄낄 웃는다.

일산 신도시 지역의 들에서 사람들은 10만여 년 동안 낮은 언덕 위에서 살았다. 신석기는 이 낮은 언덕을 따라가며 출토되고 있다. 여름마다 한강은 하류에서 거대하게 범람했다. 범람하는 강물이 퇴적물을 실어내려 일산 지역의 평야는 비옥했다. 이 기름진 들은 인간이 손댈 수 있는 땅이 아니었다. 비옥했지만 해마다 강물이 넘쳐 인간은 이 평야로 내려올 수 없었다. 10만 년 동안 일산의 인간들은 언덕 위에 마을을 이루고 살면서 이 손댈 수 없는 비옥한 평야를 내려다보았다.

인간의 호미와 쟁기를 받아들여주지 않는 이 넓은 들에는 물풀이 우거져 서걱거렸고 수만 년 동안 겨울이면 시베리아에서 날아오는 철새들의 날개 치는 소리가 퍼덕거렸다. 이 초지에 '달'이라고 불리는 물풀이 대규모 군락을 이루고 있었다는 기록이 『동국여지승람』에 보인다. 달은 갈대의 일종이다. 달은 말려서 발이나 자리를 만드는 데 썼고, 집을 지을 때 진흙과 함께 버무려서 토벽을 쌓기도 했고, 물량이

일산의 초가집

정발산 기슭에 초가집 한 채가 남아서 오래된 삶의 자취를 전하고 있다.
집 주인은 끈질기게도 농경사회의 삶의 전통을 고수해왔다.
이 초가집은 ㅁ자의 폐쇄형 따리집이다.

많을 때는 땔감으로도 썼다. 달은 매우 유용한 생필품 원자재로, 달의 군락지는 조선 초부터 선공감繕工監이라는 관청에 소속되어 있었다. 일산 신도시 지역의 토지생산성은 다만 달뿐이었고, 신도시 지역은 범접할 수 없는 물과 풀의 나라였으며, 비옥한 황무지였다.

1920년대 말부터 1930년대 초 사이에 일산 신도시 한강 유역에 한강 둑이 축조되었다. 일산 원주민들은 이 둑을 '대보 둑'이라고 불렀다. 대보 둑은 한강의 상습적 범람을 막아내면서 일산 10만 년 역사를 급속히 바꾸기 시작했다. 사람들은 더이상 물이 넘쳐들지 않는 이 비옥한 들로 나아가 호미와 쟁기를 땅에 들이댈 수 있었다. 그러나 한강 물을 막기는 했어도 장마 때마다 넘쳐나는 내수를 뽑아낼 수 없어서 땅의 소출은 많지 않았다. 1970년대에 들어서면서 내수를 강으로 뽑아내는 배수시설이 갖춰졌고 경지는 구획되고 정리되었다. 일산의 넓은 들은 기계화 영농에 적합한 비옥한 논으로 바뀌었다. 1990년부터 시작된 일산 신도시 개발사업은 이 논을 다시 갈아엎었다. 언덕은 뭉개져서 수평이 되었고 그 수평 위에 수직의 삶이 들어섰다.

일산 신시가지에서 옛 농경사회의 모습을 전하고 있는 건축물은 국립암센터 아래쪽 네거리 모퉁이에 보존된 초가집경기도 민속자료 8호 한 채 뿐이다. 이 초가집은 150여 년 전에 지어진 것으로 추정되지만 서까래나 대들보는 후대에 수리되었다. 대를 물려가면서 끈질기게 농경사회적 삶의 전통을 이어왔던 집이다. 초가집은 정발산의 끝자락쯤에 해당하는 야트막한 언덕 위에 자리잡았다. 밤나무가 많아서 이 동네의 옛 이름은 밤가시골인데, 이 초가집의 기둥과 대들보는 모두 밤나무다.

안채 기둥에 목재를 깎아낸 자귀 자욱이 그대로 남아 있다. 대패를 쓰지 못했다. 아마도 이 집은 전문 목공이 지은 것이 아니라 집 주인인 농부가 이웃의 품앗이를 모아서 제 손으로 지은 것인 듯싶다. 안마당을 중심으로 사랑방, 건넌방, 마루, 안방, 부엌, 아랫방, 외양간이 ㅁ자로 배치되어 건물 내부 공간은 폐쇄적이고, 마당 위에 지붕이 뚫려 있어 따리 모양의 초가지붕을 이룬다. 통나무를 베어서 울타리를 둘렀고 헛간 벽에는 여러 가지 농기구들을 걸어놓았다. ㅁ자로 막힌 실내 공간은 어두컴컴하지만 안방에서 사랑방과 툇마루에 이르는 공간의 구획은 그 집 안에서의 삶이 고단하지만 자족적自足的인 것이었음을 보여준다. 일산 신시가지 한복판 네거리에 남아 있는 이 초가집은 신시가지의 옛 들에서 영위되었던 10만 년 동안의 생활 전통과 변천을 계승하고 있다. 그리고 이 초가집이 세워진 이후 150여 년 동안의 삶은 지금 이 수직의 신도시에 아무런 흔적도 남기지 않고 있다. 수용으로서의 변화와 단절로서의 변화는 이렇게 다르다.

한강 하구의 저녁노을은 장려하다. 자전거를 타고 오두산전망대 쪽으로 일산 옛 들판을 달릴 때 강화, 김포 쪽에서 피어오르는 노을이 일산의 하늘에 가득 찬다. 노을은, 한강이 임진강과 합쳐지는 조강 너머 개풍 쪽에서 타오르면서 그 빛의 부챗살들이 일산 쪽 하늘로 뻗쳐온다. 김포공항을 이륙한 항공기들은 은빛 날개로 노을을 튕겨내며 어두워지는 강화 쪽으로 선회한다. 항공기들은 노을 속을 향해서 원양을 건너가는 물고기처럼 보인다. 수직의 신도시 상공에 번지는 노을 속을 물고기와도 같은 항공기가 날아가는 모습은 일산 신시가지에 펼쳐지는 10만 년 만의 풍경이다. 그 풍경 속에서 변하는 것들은 변하지 않는 것들 속을 날아간다.

나는 내 마을의 땅 밑바닥이 불안정하게 느껴지는 저녁에 정발산에 올라가서 김포 쪽으로 저무는 노을을 바라본다. 내가 사는 마을에서는 변하지 않는 것들은 위태로워서 사소해 보이고, 마침내 변해야 하는 것들은 강력하고 완강해 보인다.

전류리 포구는 일산 신도시 지역에서 넓은 한강을 사이로 마주 대하고 있는 김포반도의 한강변 어항이다. 밀물 때마다 사나운 역류로 하구를 거슬러올라오는 조류를 헤치고 포구의 늙은 어부들은 낡은 목선을 저어서 강으로 나아간다. 강들이 합쳐지고, 밀물과 썰물이 합쳐지고, 바닷물과 강물이 뒤섞여서 이 포구 앞 강은 온갖 어종들이 들끓는 황금어장이었다. 아마도 이 포구의 영세 어로의 역사는 구석기의 역사와 맞먹을 것이다. 포구의 늙은 어부들은 아직도 10만 년 전에 잡던 그 물고기들을 건져올린다.

전류리 포구에서 바라보는 강 건너 일산의 고층 건물들은 파주 들판의 낮은 야산들을 밀쳐내고 각진 스카이라인을 이룬다. 그 수직들은 갑자기 이 들판에서 신생의 생명으로 번창하기 시작한 낯선 수종樹種들처럼 보이기도 한다. 전류리 포구와 일산 신도시 사이의 강물 위에서 저녁노을은 밀물의 역류 위에서 들끓는다. 강은 아직도 밀리는 바다를 받아들이고 썰리는 바다를 향해 내닫는다.

곡릉천은 고양시의 북쪽 외곽, 교하읍을 가로질러서 오두산전망대 밑에서 한강 하구에 닿는다. 곡릉천은 한강 수계의 최하류 하천으로 경기도 장흥면 송추유원지 부근에서 발원해서 양주, 벽제, 고양의 들을 파행 서진한다. 곡릉천의 표정은 들판의 낮은 구릉 사이를 기신기신 흘러가는 늙은 물의 게으름이다. 곡릉천은 유로 연장 30킬로미터 정도의 작은 하천이지만, 수억 년 늙음의 표정으로 아직도 끊어질 듯한 물줄기를 잇대어 흐른다. 아침저녁으로 넘쳐오는 한강의 밀물이 골짜기 안쪽까지 깊숙이 압박하던 이 무방비의 들판을 느리게 굽이치는 물줄기는 물과 뭍의 경계지역에 많은 늪지를 키워냈다. 느리고 빈약한 하천이 수억 년 동안 바다를 받아들여 하천의 양쪽 언저리는 침식과 퇴적을 거듭하는 갯벌이 펼쳐져 있다. 거기서부터 바다는 강화도 너머로 아득히 멀지만, 먼바다의 기별이 날마다 이 하천에 당도하는 것이어서, 작은 하천은 바다의 표정으로 이제 늙어 있다.

철새들이 이 젖은 풀숲으로 돌아오고, 바다를 거스르는 숭어들은 이 가난한 모천으로 돌아온다. 여기가 일산 신도시의 북쪽 외곽이다. 내가 사는 마을에서 변하지 않는 것들은 바닷물에 젖거나 노을에 물들어 번져 있고, 마침내 변하는 것들은 우뚝우뚝 솟아 있다. 일산의 들판에서 내 자전거는 그 낮은 것들과 높은 것들 사이를 헤치고 노을 지는 강화 쪽으로 달린다. 저물어서 다시 신시가지로 돌아오면 교회와 러브호텔의 네온사인들로 일산은 번쩍거린다.

유토피아를 그리는 사람들의 오래된 꿈

가평 산골마을

가평은 맑은 땅이다. 장마가 개자 가평의 산들은 푸르고 비린 여름의 힘으로 눈부시다. 여름 산의 힘은 젖어 있고, 젖은 산의 빛이 천지간에 가득하다. 가까운 산이 먼 산의 앞자락을 가리고, 먼 산은 더 먼 하늘 쪽으로 봉우리들을 거느리고 달려나가 산의 출렁임은 끝이 없는데 골짜기는 들판으로 치달아 내리면서 넓어지고 골마다 물이 흘러내려 가평의 여름 산은 물소리로 흘러내린다.

양평에서 가평군 설악면으로 넘어가는 37번 지방도로는 여름의 축복으로 가득하다. 길은 중미산, 유명산 두 산의 언저리를 이리저리 비껴가는데 농다치고개로 중미산을 지나고 선어치고개로 유명산의 낮은 자락을 넘는다. 고개가 높지 않아 길은 산꼭대기를 밟지 않고, 터널이 없어서 길은 산의 중앙부를 무례하게 관통하지 않는다. 길은 산의 심기를 건드리지 않고 다만 숲에서 숲으로 이어진다.

선어치고개는 중미산과 유명산의 낮은 자락이 겹치는 골짜기를 따라서 개울물 흐르듯이 이리저리 휘돌며 숲 속을 나아간다. 고개 중턱에 이르러 갑자기 시야가 트이는 곳에서 자전거를 멈추고 서울 쪽을 바라보면, 서쪽 하늘이 다하는 곳에 북한산이 보인다. 북한산 인수봉, 노적봉의 흰 바위들에 여름의 빛이 부딪쳐서 산은 신화 속의 산처럼 멀고 우뚝하다. 시선은 아득한 공간을 건너가는데 시선이 겨우 닿는 북한산까지의 공간 속에서는 마을도 인가도 보이지 않고 첩첩연봉으로 이어진 산들이 동해에서 고래 뛰듯 솟구치고 잠긴다. 선어치고개에서는 내 눈 밖으로 뻗어나가서 북한산 인수봉의 흰 바위에 닿는 시선이 내 몸의 일부라는 사실에 나는 오금이 저렸다.

가평군 설악면의 마을들은 산이 낮아지고 물이 돌아나가는 들판을 따라서 들어서 있다. 설악면 설곡리는 『정감록』에서 이른바 '십승지지十勝之地'로 꼽는 명당이지만, 『정감록』이 아니더라도 설악면의 산천은 정답고 상서롭다. 이제 포장도로가 뚫리고 택지가 개발되고 음식점들이 들어서기는 했으나 설악면의 마을들은 여전히 산천에 안겨 편안하고 한가하다. 훼손된 것들보다 남아 있는 것들이 더 많고, 훼손된 것들이 더 많아서 남아 있는 작은 것들이 늘 반갑다. 이 마을에서 가장 반가운 것들은 유토피아를 그리는 사람들의 오래된 꿈의 흔적들이다.

미원천迷源川은 설악면 엄소리에서 선촌리 쪽으로 흘러내려 북한강에 닿는다. 개울이 굽이쳐 도는 물굽이마다 작은 마을들이 들어서 있

가평군 설악면의 산간마을

길은 굽이치면서 산속으로 들어가고, 그 굽이치는 안쪽으로 농경지와 마을이 들어서 있다.

산을 넘어가면 내리막길 주변으로 또 마을들이 들어서 있다.

가평군 북면 정자나무의 오래된 젊음

수백 년이 넘은 이 나무는 여전히 젊어서 여름마다 무성한 잎으로 그늘을 드리워
사람들을 불러모은다. 이 오래 산 나무는 늙음과 젊음을 동시에 누린다.

고, 마을과 마을을 잇는 길이 또한 물을 따라간다. 길과 마을이 들어서고 길게 이어지는 풍경은 물을 따라가서 편안하다. 고구려 때 이 마을의 이름은 미원이었는데 개울 이름과 학교 이름에 미원은 남아 있다.

방일리의 의령宜寧 남南씨 묘각 앞 느티나무는 500년이 넘었다. 느티나무는 산전수전의 연륜 속에서도 여름마다 푸르고 무성하다. 이 나무 그늘에 모여 여름 더위를 피하는 마을 노인들은 아직도 지나가는 사람을 불러서 "땀 식히고 가라"며 참외 한 쪽을 내밀고 숟가락을 쥐여주며 닭볶음탕도 한 점 먹고 가란다.

미원천을 거슬러 상류로 올라가면 묵안리다. 마을로 들어서는 낮은 고개 양쪽에 큰 바위가 부드러운 이끼를 키우고 있다. 바위는 마을의 상징이며 문패이자 수호자로 동구에 버티고 있다. 바위에 새겨진 '묵암동천墨巖洞天'이라는 글씨가 마을과 산천을 사랑하는 사람들의 오랜 마음을 전하고 있다. 양주楊州 조趙씨와 청풍淸風 김金씨 들의 오랜 세거지인 이 마을에는 그들의 선비 친구들이 자주 드나들었는데 그들의 발자국은 바위에 새겨진 시구에 남아 있다.

天藏別界烟霞靜　地近靈區日月閑
障水岩高靑蘿外　龍門山秀白雲間

하늘이 감춘 마을 안개 속에 고요하고
상서로운 땅 위로 해와 달은 한가하다

푸른 담쟁이에 덮여 장수암 우뚝하고
흰 구름 사이로 용문산은 빛나도다

인간과 자연 사이의 조화로운 관계를 설정할 수 있는 곳이 바로 유토피아라고 이 시는 말하고 있다.

설악면에서 마을들은 흩어지면서 또 이어진다. 개울을 건너가면 작은 마을이 있고, 낮은 고개를 넘어가면 또 마을이 있고, 산자락을 돌아나오면 또 마을이다. 고개마다, 웅덩이마다, 산모퉁이마다, 개울물이 돌아가는 물굽이마다 이름이 있다. 그 마을들은 모두 동일한 생산의 조건과 삶의 질감을 공유하는 공동체적 문화의 바탕을 갖는 마을들이지만 마을마다 산세가 다르고 좌향이 다르고 물의 흐름이 달라서 이 작은 마을들은 저마다의 독자성으로 자연 앞에서 대등하다. 설악면에서 자전거는 아름다운 거리로 서로 떨어져서 끝없이 이어지는 작은 마을들의 개별성과 그 마을을 품는 자연의 유순한 보편성 속으로 바퀴를 굴려서 나아간다. 설악면을 다 돌고도 자전거는 지치지 않는다.

산골마을의 오래된 비석

조종천朝宗川은 가평군의 북쪽 지역인 하면 상판리에서 하판리를 지나 북한강에 닿는다. 명지산-청계산-운악산-연인산의 모든 골짜기의 흐름을 아우르는 이 하천은 수많은 지류와 굴곡을 거느리면서 흘러서 넓어져가는 산간 하천의 전형을 보인다. 여름 장대비가 쏟아진 다음 날 아침에 조종천의 수계는 산골짝을 흐르는 작은 개울로부터 마을 앞을 흐르는 시냇물을 거쳐 넓은 들을 적시며 큰 강에 이르는 지방 2급 하천의 모든 표정들을 보여주고 물의 모든 소리를 들려준다.

조종^{朝宗}은 삶의 정통성 앞에서 반듯하게 무릎 꿇는 인간의 경건성에 바쳐진 문자다. 깊고 외진 골짜기를 흘러내리는 물줄기가 이처럼 장엄한 이름을 얻게 되는 배경에서 유토피아를 꿈꾸는 인간의 슬픔은 쓰라리다.

청평댐에서 조종천을 거슬러서 운악산 쪽으로 올라가다가 오른쪽으로 하천을 건너가면 대보리다. 여기에 이르러 조종천은 안동 하회마을의 낙동강처럼 들판을 태극 모양으로 가파르게 휘돌고 산들은 휘도는 물의 기세에 밀려 멀찍이 물러나 있다. 물이 휘도는 강변 언덕에 솟은 바위가 조종암^{朝宗岩}이다.

조종암은 우암 송시열^{宋時烈}의 존명주의^{尊明主義}를 몇 구절의 문자로써 표상하는 바위다. 그는 청^淸에 굴복했던 병자호란과 남한산성의 치욕을 역사의 일부로서 수용하거나 긍정할 수 없었다. 그는 명^明의 정통성이 이 깊은 산골에서 물처럼 흘러내려 역사의 치욕을 씻어내주기를 바랐던 모양이다. 그는 명나라 황제 의종^{毅宗}의 친필 '思無邪(마음에 삿됨이 없다)'와 선조 임금의 친필 '萬折必東(양자강은 만 번을 굽이쳐서 기어이 동쪽으로 간다)'과 효종 임금의 글씨 '日暮途遠 至痛在心(날은

조종천은 가평의 큰 하천이다.
조종천은 현실 속에서 건설되어야 할 유토피아의 꿈을 안고 흐른다.

저물고 갈 길은 머니 마음에 근심 가득하다)'을 얻어서 당시 가평군수 이제두李薺杜를 시켜 바위에 새기게 하고 그 바위의 이름을 조종암이라고 하였다. 1804년에 후대의 선비들이 바위에 비석을 세웠는데 그 비문에 이르기를,

모든 물이 바다로 흘러가니, 바다가 물의 왕자가 되고 양자강이 기어이 동쪽으로 흐르는 것을 '조종'이라 부른다…… 이것으로 말미암아 조종암이라는 이름이 나온 바이다. ……아아 슬프다. 명나라 사직이 폐허가 되고 중국이 피비린내 나는 땅이 되어 우리는 사모할 곳 없더니 이제 여기에서 얻었구나……

라고 하였다.

"양자강이 만 번을 굽이쳐도 기어이 동으로 흐른다"는 선조의 글은 명의 정통성이 기어이 조선으로 흘러온다는 뜻일 터이다. 아마도 조종암을 경영했던 지식인들은 문자를 세상으로 내보내는 인간정신의 힘을 믿는 사람들이었던 모양이다. 글이 정신을 확보하고 있는 한, 글은 그들의 현실이었다. 그들은 그 간절함의 진정성으로 오랑캐에게 조공을 바쳐야 하는 당대의 무기력을 부정할 수 있었다. 그들은 그 정통성 위에 건설되어야 하는 유토피아의 꿈을 몇 개의 문자로 이 깊은 산골 마을의 바위에 새겨놓았다. 바위는 흐르는 물을 내려다보고 있다.

……아아 슬프다. 명나라 사직이 폐허가 되고 중국이 피비린
내 나는 땅이 되어 우리는 사모할 곳 없더니 이제 여기에서 얻었구
나……

　라는 구절을 읽으면서 나는 바위 밑으로 펼쳐진 산하를 내려다보았
다. 정통성을 상실한 당대의 폐허에서 사모할 땅은, 마침내 이 작은
산골마을의 강과 산과 들이라는 깨달음은 그들의 오래고도 치열한 방
황의 세월을 느끼게 한다. 조종암에서 내려다보이는 가평군 하면 대
보리의 산하는 둥글다. 날카로운 산들이 멀찍이 물러서 있어 그 먼 날
카로움이 휘도는 물의 부드러움을 완성해준다. 발 디디고 선 땅 위에
건설할 수 없다면 유토피아는 어디에도 없는 것이고, 그 유토피아는
인간과 외계 사이의 조화로운 관계 위에서 가능한 것이라고 산골마을
의 오래된 비석은 말하고 있었다.
　대보리에서 명지산 쪽으로 1시간 정도 자전거를 저어가면 하판리,
상판리 두 마을이 나온다. 상판리는 명지산과 운악산 사이다. 하면의
여러 마을들 중에서 가장 지대가 높아서 지금도 이 마을 버스정류장
이름은 '다락터'이다. 행정 구역은 상판과 하판으로 나뉘어져 있지만
주민들은 두 마을을 합쳐서 '너르막골ᵖ미통'이라고 부른다. 너르막골
의 밤은 캄캄하다. 이 마을의 밤은 시원적인 어둠의 원형을 보여준다.
어둠의 깊이와, 어둠의 부드러움, 어둠의 어두움과, 어둠의 밝음이 이
마을에는 살아 있다. 너르막골의 밤은 어둠이 깊어서 별과 달이 가깝

다. 별이 가까운 것은 어둠이 깊기 때문이다. 너르막골의 밤은 어둠의 깊이를 완성함으로써 빛나는 것들을 빛나게 한다. 가까운 어둠은 흐려서 부드럽고 먼 어둠은 진해서 칠흑이다. 달이 오르면 칠흑의 어둠이 서서히 묽어지고 어둠을 들여다보는 인간의 시선은 가까운 어둠에서 먼 어둠 쪽으로 실종되어가는데 시선이 따라가지 못하는 그 어둠의 안쪽에서 반딧불은 날고 있다. 너르막골 개울에서 와글거리는 개구리 소리는 밤하늘의 별들이 와글거리는 소리로 들린다. 너르막골의 밤은 별과 음향으로 반짝이며 새벽을 향해 깊어져간다.

조선조 숙종이 즉위하던 해에, 고령高靈 신申씨의 입향조 신석이 이 산골로 들어와 세거를 열었다. 그는 이 너르막골에 향약을 베풀어 질서를 세우고 논밭을 사들여 일족을 이주시켰다. 그의 유토피아는 신문申門의 집성촌을 이루며 300여 년간 번창했다. 그후 신씨들은 마을을 떠났으나, 그 선대 어른들의 산소는 마을 뒷산에 남아서 옛 유토피아의 소식을 전한다. 그 무덤들 위로 너르막골 밤하늘의 어둠은 깊고 별들은 가깝다.

고귀한 것은 마땅히 강력하다

여주 고달사 옛터

폐허는 그 위에 세워졌던 모든 웅장하고 강고한 것들에 대한 추억으로써가 아니라 그 잡초더미 속에서 푸드득거리는 풀벌레들의 가벼움으로 사람을 긴장시킨다. 폐허에서는 풀벌레가 영원하고 주춧돌은 덧없어 보인다.

여주시 북내면 상교리 고달사高達寺 터는 그 풀밭에 아직도 남아 있는 찬란한 석물들과 그 사이에서 번식해 뒤엉킨 풀과 벌레 들로 시간이 이루어내는 폐허의 양식을 완성한다.

고달사는 신라 경덕왕 23년764에 창건되었고, 고려 초기 정권의 비호를 받았던 권세 높은 사찰이었다. 고려 광종971은 이 사찰을 특히 소중히 여겨 고달사 주지는 반드시 사찰의 문중에서 선발해서 법맥이 끊기지 않도록 하라는 조칙을 내릴 정도였다.

절은 기록된 역사를 남기지 않았다. 고려 광종의 조칙으로부터 485년이 지난 조선 세조 2년¹⁴⁵⁶ 8월 12일의 실록에,

> 의금부에서 아뢰기를 "백정 김생석金生石과 을석乙石 등이 고달사에서 술을 마시다가 관군이 쫓아가 잡으려 하자 발사하며 항거하였습니다. 마땅히 잡아서 베어야 하며 처자는 종으로 삼고 재산을 몰수해야 합니다".

라는 기록이 보인다. 이 백정 무리들의 혐의 내용은 알 수 없다. 그러나 그들이 무리지어서 절을 장악하고 관군에 응사했던 정황으로 보아 이들은 조직화된 저항집단이었던 모양이고 그때 절의 승려는 이미 무력화되었던 것으로 보인다.

다시 그로부터 343년 후인 조선 정조 23년¹⁷⁹⁹에 왕명으로 전국 사찰의 소재와 연혁과 존폐 여부를 조사했고, 그 결과를 모아서 『범우고梵宇攷』라는 책자를 발간했다. 『범우고』는 고달사를 이렇게 기록했다.

> 혜목산慧目山에 있었으나 지금은 폐사되었다. 승 혜진慧眞의 탑비가 있다. 고려한림학사 김정언金廷彦이 글을 쓰고 서인 장단설張端設이 글씨를 썼다.

『범우고』가 간행되기 전에 고달사는 이미 무너져 폐허가 되었고 석물들만이 풀밭에 흩어져 있다.

혜진의 탑비는 1916년 여름에 쓰러져 깨어졌다. 국립중앙박물관이 그 조각들을 수습해서 서울 경복궁 안으로 옮겨놓았다.

여기까지가 문헌으로 추적할 수 있는 이 폐허의 역사의 전부다. 1456년부터 1799년 사이에 이 절에 무슨 일이 일어났던 것인지는 알 수 없다. 다만 깨어진 혜진의 탑비에 남은 글자들이 옛 절의 영화를 후세에 전한다.

찬란한 잔해들

혜진은 신라 경문왕 9년869에 신라 명문호족의 아들로 경주에서 태어났고 고려 광종 9년958에 여주 고달사 선방에서 죽었다. 그의 육신이 세상에 머물러 있을 때 신라에서는 경문왕, 헌강왕, 정강왕, 진성여왕, 효공왕, 신덕왕, 경명왕, 경애왕, 경순왕 그렇게 9대의 왕이 죽거나 죽여져서 옥좌를 교대했다. 무너져가는 왕조의 임금들은 단명했고 옥좌는 위태로웠다. 신라가 망했고, 다시 고려의 세상에서 왕王씨 임금 4대가 흘러갔다. 혜진은 그때까지 오래오래 살았다. 그의 성은 김金씨이고, 자는 도광道光이고, 사후의 시호는 원종대사元宗大師이며, 혜진은 탑호다.

신라의 각처에서 도적과 민란이 들끓고 양길, 궁예, 견훤, 왕건 등이 군사를 일으켜 신라를 분할하고 다시 왕건이 국토를 합쳐나가는

그 피 흘리는 난세를 그는 학처럼 우아하고 고결하게 살아냈던 모양
이다. 그는 23살 되던 892년에 송宋나라로 들어가서 52살 되던 921년
에 귀국했다. 그는 중국 각처를 떠돌며 고승대덕들을 찾아가 배웠다.
그가 귀국했을 때 고려는 이미 개국했고 신라도 돌이킬 수 없이 기울
어져 있었다. 경주 황룡사의 탑이 기울어졌고 후백제 견훤의 군대는
신라 왕도를 짓밟고 경애왕을 살해했다. 귀국 후 그는 여주 고달사에
주석했는데, 누더기를 입은 납자衲子들이 구름처럼 몰려들어 배움을
구했다. 비문이 전하는 혜진의 모습은 피 흘리는 세상에서 홀로 아름
답고 초연하다.

도道란 마음 밖에 있는 것이 아니고, 부처는 인간의 신중身中에
내재하는 것을 깨달아 즉심즉불卽心卽佛의 이치를 개시하였으니,
그 광명은 물 위에 뜬 연꽃 같고 밝기는 별 가운데 둥근 달과 같
았다.

대사는 마치 조각달이 허공에 떠 있듯이 고운孤雲이 산정의 바위
사이를 오가듯 고상하였다. 푸른 용이 바다를 건널 때 뗏목에 의지
할 마음이 없다 하나, 봉새가 허공을 날면서도 오히려 오동나무 가
지에 앉을 뜻이 없지 않은 것과 같이 스님은 명아주나무지팡이를
짚고 옥경玉京으로 나아가 궁중에 들어가서 태조대왕太祖大王을 알
현하였다.

여주 고달사 터 원종대사탑비의 귀부와 이수
이 용머리가 품은 힘은 강력하고도 웅장하다.
콧구멍은 뜨거운 콧김을 품어내고
안쪽으로 향한 앞발은 한없는 폭발력을 드러낸다.
개국 초기의 고려의 기상은 이러하였다.

대사는 마치 거울이 항상 비침에 피로를 모르고, 범종이 항상 걸려 있되 권태를 모르는 것과 같았다.

대사가 열반에 들고자 목욕하고 대중을 불러모았다. 유훈遺訓하여 이르시기를 "만법은 모두 공空하다. 나는 곧 떠나려니와, 너희는 일심으로 근본을 삼아 힘써 정진하라. 마음이 일어나면 큰 법法이 생겨나고 마음이 사라지면 법도 따라서 멸하느니, 인심仁心이 곧 부처거늘 어찌 별다른 종류가 있겠느냐. 여래의 정계正戒를 힘써 보호하라" 하시었다.

육신이 세상에 머물러 있을 때 혜진의 고귀함이 이와 같았고, 그가 세상을 뜨자 사후의 영광은 더욱 찬란하였다. 그가 죽은 해, 고려 광종은 '원종국사'의 시호를 내렸고 왕명으로 그의 초상화를 그렸다. 그의 사후 20년째였던 경종 2년977에 고려 왕실은 여주 고달사에 그를 위한 기념물들을 건립했다. 지금 여주 고달사 옛터에는 이 찬란한 석물의 잔해들이 잡초 속에 흩어져 있다.

혜진의 탑비혜목산 고달선원 국사 원종대사비는 그의 사후 8년 뒤인 고려 광종 17년966에 착공되었고 착공 후 11년 만인 고려 경종 2년977에 완공되었다. 혜진의 존재는 고려 초기 왕실의 권력 속에 깊이 각인되어 있었다. 지금 여주 고달사 옛터의 풀밭에 이 탑비의 귀부龜趺, 탑신의 받침와 이수螭首, 탑신의 지붕가 남아 있다.

여주 고달사 터 부도 비천상의 들을 수 없는 노래
이 율동은 부드럽고 풍만하다.
음악이 들려오는데, 이 음악은 들려오지만 들을 수 없는 선율이다.

이 귀부가 분출하는 힘은 웅장하다. 용머리의 콧등은 양미간에까지 주름이 잡혀 있다. 이 콧구멍은 돌진하는 자의 콧김을 내뿜고 있다. 앞발은 약간 안쪽을 향해서 움츠리면서 완강하게 땅을 버티고 있다. 안쪽으로 향한 앞발의 각도는 두려운 폭발력을 감추고 있는데, 이 감춤이 드러나야 할 힘을 드러나게 한다. 용은 무거운 비신을 짊어지고 그 무거움은 회피하지 않는 자의 당당함으로 땅에 들러붙어 있다.

고귀한 것은 강력하며, 강력한 것은 마땅히 고귀해야 한다는 믿음이 이 용의 두 눈에서 뿜어져나온다. 탑비의 위쪽 언덕에 혜진의 부도는 아직도 온전한 모습으로 남아 있다. 용이 부도를 떠받치며 사방을 경계하고 있는데 용의 꿈틀거림은 웅장하고도 섬세하다. 용의 목덜미를 덮은 비늘조차도 용이 고개를 돌린 방향 쪽으로 가지런하다. 이 부도비와 용머리는 개국 초기에 강성했던 고려의 역동성을 아직도 폐허의 풀밭 위에서 절규하고 있고 여름의 메뚜기들이 그 위에서 교미하고 있다. 피가 흘러서 내를 이루던 그 분열과 통합의 시대에 혜진은 속세의 먼지가 닿지 않는 선경에서 고매한 삶을 살았다. 신라 경문왕이 사직을 들어서 고려에 투항하기 이전에 신라 승려 혜진은 왕건을 알현했고 고려 태조가 정해주는 사찰에 주석했다. 그는 당대에서 가장 화려한 삶을 살았고, 가장 화려한 사찰인 고달사 선방에서 죽었으며, 그의 죽음은 한 시대 전체를 대표할 만한 화려한 기념물로 장식되었다.

혜진의 기념물들은 지금 고달사 옛터의 잡초 속에서 여전히 강력하고 웅장하다. 그 웅장했던 신전은 언제, 어떠한 연유로 지상에서 사라져버린 것인가?

고달사 주변 마을 백성들의 기구한 설화 한 토막이 이 난감한 질문에 대답하고 있다. 절 뒤쪽 바위 밑에 산신각이 있는데, 이 산신각에 얽힌 설화 한 토막이 고달사가 땅 위에서 영영 사라진 배경을 설명한다.

혜진이 고달사에 주석할 때 전국의 승려들이 구름처럼 꼬여들었다. 고달사 처녀 신도 한 명이 세 명의 정승을 낳을 팔자인데, 정해진 배필이 있었다. 여주 목사가 그 소문을 듣고 처녀 신도를 탐내 처녀의 배필을 죽였다. 처녀는 시체를 안고 자살했다. 혜진이 이 끔찍한 일을 보고 크게 탄식하며 절을 떠났다. 혜진이 떠난 뒤 승려들은 흩어졌고 절은 도둑의 소굴이 되어 폐사되었다. 마을 사람들이 절 뒤에 산신각을 짓고 죽은 남녀의 넋을 달랬다.

이 설화는 고달사가 혜진의 당대에 무너진 것으로 가정하고 있다. 그러나 고달사는 비록 도적의 소굴이 되기는 했으나 조선 세조 때까지 남아 있었다. 그러므로 이 설화는 혜진의 시대에 성립된 것이 아니라 고달사가 폐사된 지 한참 뒤에 이루어진 것으로 보인다. 이 설화에 따르면, 고달사는 인간의 욕망이 빚어내는 죄악의 업보로 소멸되었다. 옛 산신각은 무너졌고, 그 아래쪽에 새 산신각이 들어섰다. 산신각은 무너진 고달사의 폐허를 내려다보고 있는데, 그 폐허에서 용머리는 포효하고 있다. 욕망은 땅 위에 찬란한 것들을 세우기도 하고 그 찬란한 것들을 폐허로 만들기도 한다. 설화는 그렇게 말하고 있다. 고달사 폐허에서 여름을 울어대는 매미 소리는 어지러웠다.

길들의 표정
덕산재에서 물한리까지

자동차의 생김새와 기능을 들여다보면 사람들이 자신과 세계와의 관계를 어떻게 설정해놓고 있는지를 대충 알 수 있다. 자동차 디자인의 역사는 실내 공간의 주거감을 심화시키는 방향으로 일관되게 전개되었다. 차체는 계단 1개의 높이까지 낮아졌고 보닛 앞에서 차체 뒤끝에까지 이르는 곡선은 단절을 느낄 수 없는 '흐름'으로 바뀌었다. 실내 공간은 살림집처럼 좌석과 짐칸이 구획되었고, 양쪽 유리창의 평면 분할도 주거감의 원칙을 알뜰하게 배려한다.

자동차를 통제하는 모든 기능은 운전자 앞쪽으로 집중되어왔고, 사이드미러와 룸미러의 섬세한 발달은 외계의 풍경을 모두 사물화한 기호로 바꾸어 운전자에게 전달할 수 있게 되었다. 자동차를 타고 이동할 때, 사람들은 여전히 집 안에서처럼 사적인 주거 공간 속에 앉아 있고, 운전자에게는 이 사적인 공간이 모든 정보와 기능이 집중되는 세계의 중심이다.

요즘의 모터쇼는 사람의 얼굴 모양을 느끼게 하는 디자인들을 많이 보여준다. 멀리서 보기에 쇳덩어리가 아니라 살아 있는 생명체가 달려오고 있다는 느낌을 준다. 그런 자동차일수록 내부의 사적인 주거감은 크고 기능과 정보는 더욱 중심에 집중되어 있다. 자동차 디자인의 역사는 사람의 기능과 외양을 닮아가는 역사이고, 동시에 사람으로부터 멀어져가는 역사이다.

세계를 사물화한 기호의 체계로 인식할 능력이 없는 사람은 자동차 운전을 할 수 없겠지만, 요즘엔 그런 사람은 없다. 사적인 중심 속에 들어앉아서 자동차를 운전하는 사람은 길의 공적 개방성에 의해 이동하는 것이 아니라 운전석 앞으로 집중된 기호의 힘으로 이동하는 것이라는 착각에 빠지기가 십상이다. 길이 막힐 때, 그는 오징어나 뻥튀기를 씹으면서 길을 욕하고 정부를 욕하고 다른 차들을 미워한다. 그에게 길이란 생략되거나 단축되거나 질러가야 할 대상인 것이다.

18세기 지리학자 신경준申景濬, 1712~1781은 조화론적 사유의 바탕 위에서 국토 인식을 체계화하였다. 그는 백두대간의 흐름을 국토의 뼈대로 세워놓은 『산경표』의 저자이다. 그의 국토 인식 속에서 길과 인간은 구별되는 것이 아니었다.

길에 대한 신경준의 사유는 『도로고道路考』 속에 들어 있다. 그는 말한다.

무릇 사람에게는 그침이 있고 행함이 있다. 그침은 집에서 이루어지고 행함은 길에서 이루어진다. 맹자가 말하기를 인仁은 집안을 편하게 하고 의義는 길을 바르게 한다고 하였으니, 집과 길은 그 중요함이 같다. 길에는 본래 주인이 없어, 그 길을 가는 사람이 주인이다.

신경준에게 길은 삶의 도덕적 가치와 상징 들 사이로 뻗어나간 공적 개방성의 통로이다. 이 공적 개방성의 통로 위에서, 길을 가는 일은 달리기가 아니라 '행함'이고, 길의 의로움은 집의 어짊에서 출발해서 집의 어짊으로 돌아온다. 신경준의 지리책을 읽을 때, 집에서 길로 나가는 아침과 길에서 집으로 돌아가는 저녁은 본래 이처럼 신선하고 새로워야 마땅하다.

신경준의 도로 인식에는 속도의 개념이 빠져 있다. 그의 길은 가야 할 곳을 마침내 가는 그 '감'을 도덕으로 인식하는 길이다. 자동차를 타고 고속도로를 달릴 때, 신경준이 말했던 길의 상징성은 속도의 힘에 의해 모조리 증발해버리는 것 같지만, 길 막힌 고속도로 위에서 오징어를 씹을 때도 길은 여전히 상징의 힘으로 삶을 부추긴다.

아직도 상징의 표정이 발랄하게 살아 있는 길 위를 저어가는 일은 자전거를 타는 사람의 행복이다. 경남 거창에서 전북 무주와 충북 영동 쪽으로 소백산맥을 넘어가는 고개는 37번 국도의 신풍령일명 빼재, 덕유산 방면, 30번 국도의 덕산재나제통문 방면, 579번 지방도로의 우두령일명

질마재, 영동 방면 들이다. 도마령은 나제통문 쪽에서 영동 쪽으로 소백산맥을 넘어가는 비포장 산간 소로이다.

이 옛길에는 아직 도로 번호가 없다. 이 고갯길들은 길다운 강인함과 길다운 느림과 길다운 겸허함의 표정으로 백두대간의 중허리를 남북으로 넘는다. 이 고갯길 사이사이에서 백두대간은 대덕산1,290미터, 민주지산1,241미터, 석기봉1,200미터, 삼도봉1,200미터, 각호산1,178미터 들과 거기서 흘러내린 수많은 봉우리들의 첩첩연봉을 이룬다.

능선들은 겹겹으로 포개지면서 목측目測의 저편으로 소진하는데, 봉우리들의 북쪽 사면은 아직 흰 눈에 덮여 있고, 남쪽 사면은 이미 눈이 녹아서 백두대간의 능선들은 흑과 백의 경계를 따라가며 출렁거린다. 봄이 오는 산맥 속에서 그 경계는 날마다 조금씩 북쪽으로 밀려가고, 저녁마다 석양에 비낀 일몰의 설산들은 보랏빛으로 타오른다.

산맥을 넘어가는 길들은 산의 가파른 위엄을 향해 정면으로 달려들지 않는다. 길들은 산허리의 가장 유순한 자리들을 골라서 이리저리 굽이치는데, 이 길들은 어떠한 산봉우리도 마주 넘지 않고 어떠한 산꼭대기에도 오르지 않으면서도 고갯마루에 이르러 마침내 모든 산봉우리들을 눈 아래 둔다. 변산반도의 바닷가를 돌아가는 30번 국도나 구례에서 하동까지 섬진강 하류를 따라 내려가는 19번 국도의 표정은 밝고 화사하다.

풍수風水에서, 길의 상징과 물의 상징은 같다. 그것은 모두 공적 소통의 조건들이다. 그래서 길의 표정은 그 길이 거느린 물의 표정을 닮는다. 산맥을 넘어가는 길은 골과 골을 휘돌아 흐르는 계곡물의 표정을 닮고, 큰 강의 하류를 따라 내려가는 길에는 점점 넓어지는 세계로 나아가는 자유의 완만함이 있다.

자전거는 덕산재 마루턱에서 출발했다. 여기서부터 충북 영동군 용화면 용화리까지는 25킬로미터의 내리막 포장길이다. 용화리에서부터 비포장 산간 소로를 따라서 도마령 옛 고개를 넘어서 물한리까지 갔다. 산길은 눈에 덮여 있었으나, 갓 내린 눈에 물기가 없어서 자전거는 스파이크 타이어를 쓰지 않고도 산길을 넘을 수 있었다.

산간마을들은 눈 속에서 고요히 엎드려 있었고, 산길에는 이따금씩 멧돼지를 쫓는 사냥꾼들만 지나다녔다. 도마령 옛길은 산의 기세가 숨을 죽이는 자리들만을 신통히도 골라내어 굽이굽이 산을 넘어갔다.

그 길은 느리고도 질겼다. 길은 산을 피하면서 산으로 달려들었고, 산을 피하면서 산으로 들러붙었다. 그리고 그 길은 산속에 점점이 박힌 산간마을들을 하나도 빠짐없이 다 챙겨서 가는 어진 길이었다. 그 길은 멀리 굽이치며 돌아갔으나 어떤 마을도 건너뛰거나 질러가지 않았다. 자동차를 몰고 고속도로를 달릴 때도 사람들의 마음속에서 길은 본래 저러한 표정으로 굽이치고 있을 것이었다.

어두워지는 산은 무서웠다. 도마령 내리막길에서 사람 사는 마을을 향해 속도를 냈다. 저녁 무렵에 물한리에 도착했다. 민박집 주인은 자전거가 눈 덮인 도마령을 넘어올 수 있다는 사실을 믿기 어려워했다. 너무 지쳐서, 덕산재 휴게소에 세워놓고 온 자동차가 그리웠다.

문경새재는 몇 굽이냐
하늘재, 지름재, 소조령, 문경새재

경북 문경시 관음리마을에서 출발하는 자전거는 하늘재^{관음리−미륵리}를 넘고, 지름재^{미륵리−수안보}를 넘고, 소조령^{수안보−괴산}을 넘고 마지막으로 문경새재를 넘어서 다시 관음리마을로 돌아올 참이다. 백두대간을 남북으로 넘어갔다가 넘어오는 여정이다.

문경새재와 하늘재에는 자동차가 들어올 수 없다. 여기는 자전거의 낙원이고, 높은 고개들을 잇달아 넘어가는 자전거의 지옥이다. 오르막에서 지친 몸이 내리막의 바람 속에서 다시 살아나 자전거는 또다른 오르막을 오를 수 있다. 오르막이 끝나는 고갯마루 쪽을 아예 잊어버리고 길바닥에 몸을 갈면서 천천히 나아가야만 끝까지 갈 수 있을 것이다.

한국인의 마음속에서 고개를 넘는다는 일은 삶의 전환과 확장을 의

문경새재 제1관문

영남 유림들에게, 문경새재는 자아와 현실 사이를 차단하고 있는 상처의 고지였다.
그들은 새재를 넘어서 세상으로 나아갔고, 다시 새재를 넘어서 자신에게로 돌아왔다.

미한다. 그래서 모든 고갯마루는 그 전환의 통과의례로서 괴기스런 전설과 민담을 빚어낸다. 문경새재를 넘어가는 영남대로는 서울－충주－상주－부산을 연결하는 조선 500년의 간선도로였다. 행정과 교역의 대부분이 문경새재를 넘나들며 이루어졌다. 영남대로 380킬로미터 중에서 옛 문경새재 구간은 30킬로미터에 달하고, 이 구간의 해발고도는 600미터이다.

문경새재는 여러 변방 오지에 흩어진 인간의 삶이 당대 현실과 관련을 맺으려 할 때 반드시 넘어야 할 고난의 고개로서 영남대로의 중허리를 철벽처럼 가로막고 있다. 그 마루턱은 늘 구름에 가려 있는데, 그 너머 아득한 북쪽이 서울이며, 거기가 당대의 핵심부이고, 현실을 만지고 주무르고 죽이고 살리는 일들은 모두 문경새재 너머에서 이루어졌다.

진도의 섬 사람들은 〈진도 아리랑〉의 첫머리에서 "문경새재는 몇 굽이냐/구부야 구부야 눈물이로구나"라고 노래한다. 섬 사람들이 가본 적도 없을 내륙 험산준령의 고개를 눈물로 노래할 때, 그 노래는 인간이 당대 현실 속으로 진입해서 그 속에서 화해를 이루는 일의 고난을 일깨우는 노래로 들린다. 그 길은 굽이굽이 눈물인 것이어서, 〈진도 아리랑〉 속에서 화해는 거의 불가능해 보인다. "몇 굽이냐"는 굽이의 숫자를 묻고 있지 않고 거기에 바쳐야 할 눈물의 양을 묻고 있다. 그래서 그 노래는 문경새재를 지리상의 거리보다 훨씬 더 멀고 험한 곳으로 밀어내버린다.

지금 문경새재에는 굽이가 없다. 길은 펴져서 구간별로 포장되었고, 굽이를 이루던 옛길은 토막으로 끊어져 숲 속에 흩어져 있다. 바위가 수백 년 동안의 짚신 발길에 밟히고 또 닳아서 반들반들해진 구간도 있는데, 이 옛길에는 지금 '장원급제의 길' 또는 '금의환향의 길' 같은 이름표가 붙어 있다.

문경새재를 넘어 서울로 갔던 영남 유림들은 대부분 금의환향하지 못했다. 대과大科는 평생의 공력을 바쳐도 이루기 어려운 것이었고, 사마시司馬試를 통과해서 진사나 생원의 호칭을 얻었다 해도 임용이 보장되는 것이 아니었다. 현실의 정치 권력이나 행정체계에 편입될 수 없었던 그들은 포의布衣의 처사로서 다시 문경새재를 넘어 향촌으로 돌아갔다.

문경새재 제3관문조령관쯤에 이르면, 산맥이 지나온 길과 가야 할 길을 첩첩이 가로막아 서울도 고향도 보이지 않는다. 이 마루턱쯤에 이르러 향촌으로 돌아가는 그 포의의 처사들은, 세상이란 도대체 무엇이며 그 세상 속으로 기어이 뚫고 들어가려는 나 자신은 또 무엇인가, 이 세상의 구조와 질서는 성인의 가르침과 사소한 관련이라도 있는 것인가를 통렬하게 자문자답해야 한다.

안동 처사 유우잠柳友潛, 1575~1635은 새재 마루턱에서 읊었다.

　　지난해 새재에서 비를 만나 묵었더니
　　올해는 새재에서 비를 만나 지나갔네

해마다 여름비 해마다 과객 신세
필경엔 허망한 명성으로 무엇을 이룰 수 있을까

김남곡金南谷, 1599~1684은 53세에 사마시를 통과해서 진사가 되었다.
진사가 되기까지 그는 소백산맥을 열세 번 넘어갔고 넘어왔다. 급제
자를 발표하던 날, 그는 서울 거리에서 머리에 꽃을 꽂고 놀았다. 그
때 그는 읊었다.

삼 일 동안 유가遊街할 때 희비가 다하였고
어버이 없음을 견디지 못해 눈물이 수건을 적셨네

그의 글 속에서 문경새재는 여전히 인간과 현실 사이에서 넘지 못
한 눈물의 고개인 것이다. 그는 임용되지 못하고 고향으로 돌아와 울
분과 가난 속에서 자신의 내면을 처절하게 응시하며 여생을 마쳤다.
산천은 아름다운 만큼 쓸쓸했고, 마을이 다하는 들판 너머에 새재는
높이 솟아 있었다.

김치관金致寬은 새재 넘기를 단념하고 향리에 묻힌 안동 처사이다.
그의 생몰 연대는 확인할 수 없었다. 그는 매우 해학적인 문장으로 인
간에 대한 의문을 제기한다.

사람이 사람을 이루고자 할진대 사람의 길은 사람을 멀리하지

않나니, 사람의 이치는 각기 사람에게 갖추어져 있어, 사람이 사람 됨은 남에게서 말미암지 않느니라.

인간의 모든 문제는 새재 너머에 있는 것이 아니라 자신의 내면에 있을 뿐이라는 그의 통찰은 아마도 오랜 새재 넘기의 고통스런 결론이었을 것이다. 조선 도로의 역사 속에서, 문경새재는 소통되지 않는 현실과 자아 사이의 상처의 표정으로 산맥 속에 걸려 있다. 지금 문경새재는 적막하고, 인간과 무관해 보이는 봄이 그 무인지경의 산속에서 피어나고 있다. 새재는 아직도 곳곳에서 인간을 포위하고 있을 것이었다.

새재 마루턱에서 날이 저물었다. 자전거는 한밤중에 출발지인 관음리로 돌아왔다. 이날 주행거리는 55킬로미터였다. 긴 거리는 아니었지만, 높은 고개를 잇달아 넘어와, 몸은 창자 속까지 산바람에 절었다 (앞의 글 중 안동 처사 3명을 실명으로 기술한 대목은 안동대 한문학과 이종호 교수가 발굴해서 정리한 자료에 따른 것이다. 인용한 한글 번역 문장도 모두 이교수의 것이다).

험준한 고갯길 넘으면 부처의 마음 얻을까

관음리경북 문경시에서 미륵리충북 충주시로 넘어가는 하늘재 고갯길에는 고려 초기의 불상과 불탑 들이 길가에 남아 있다.

관음리 수새골마을 오솔길가에는 석불입상경북도문화재 자료이 남아 있고, 여기서 하늘재 고갯마루 쪽으로 더 올라간 문막마을의 오솔길가에는 어른의 앉은키만한 반가사유상_{경북도문화재 자료}이 남아 있다. 하늘재를 넘어서 충주 쪽으로 넘어오면 미륵리 옛길가 언덕에 3층석탑_{충북도문화재}이 서 있다. 이 불상과 불탑 들은 사찰 경내가 아니라 길가에 세워졌다.

미륵리 3층석탑은 인근에 중원 미륵사지가 가깝지만 미륵사의 경내는 아니다. 고려 초기에 세워진 이 석탑은 신라 석탑의 양식을 빼다 박은 듯하다. 여기가 영남으로 통하는 고대 교통의 중심지였으므로 신라 석탑의 양식이 고갯길을 따라서 넘어 들어왔을 것으로 보는 사람들도 있다.

하늘재는 서기156년에 열린 고갯길이다. 조선 초기에 문경새재가 열리기 전까지 이 길은 백두대간을 넘어가는 간선도로였다. 영남에서 경기도나 충청도로 갈 때에는 신라 사람들도 이 고개를 넘었고 고려 사람들도 이 길로 다녔다.

고대 사람들은 고개를 넘는 수고로움에서 종교적 고양감을 느꼈던 모양이다. 그들은 숲 속으로 뻗은 하늘재 작은 길가 요소요소에 석탑과 석불을 세워놓았다. 하늘재 너머 미륵리 옛 절터는 월악산, 주흘산, 포암산에 둘러싸여 있지만 협착하지 않다. 그 땅은 포근하고 넉넉한 느낌을 준다. 지리학자 최창조는 이곳을 명당 중의 명당으로 꼽고 있다. 그래서 하늘재를 넘는 일은 신성한 일이었을 것이고, 길을 가는 옛사람들은 길이 끝나는 곳에 평화와 안식이 깃들기를 기원했던 모양이다. 아직도 기적처럼 남아 있는 옛길 한 토막과 길가의 불상과 불탑들이 그것을 일러준다.

그곳에 가면 퇴계의 마음빛이 있다
도산서원과 안동 하회마을

  퇴계 이황李滉, 1501~1570의 존영과 도산서원陶山書院은 지금 천원짜리
지폐에 인쇄되어 퇴계退溪의 삶이나 체취와는 사소한 관련도 없어 보
이는 세상 속을 유통하고 있다. 경북 안동安東 지역을 여행하는 일은
퇴계의 삶의 진실에 가까이 다가가서 그 편린이나마 더듬어내는 일이
라야 옳을 터이다. 그 오래되고 자존에 가득 찬 유림儒林의 고장은 두텁
고도 다양한 문화의 층위를 축적해왔는데, 거기에는 자연과 인간, 지
배와 피지배, 유儒와 무巫, 강江과 산山, 학문과 생업이 아름답게 조화
를 이루어낸 하회河回마을과 또 안동 김金 · 안동 권權 · 진성眞城 이李 · 의
성義城 김 · 풍산豊山 류柳 · 예천醴泉 권 · 풍양豊壤 조趙 그리고 그밖의 여러
유림 영남학파 명문의 오랜 세거지世居地들이 위엄과 자존의 모습으로
남아 있다. 퇴계는 그 절정이다.

도산서당의 심층구조를 들여다보는 즐거움

해마다 관광객 40~50만 명이 하회마을에 몰리고 있고, 하회를 한 바퀴 돌아본 이들의 발길은 어김없이 인근 도산서원과 병산서원屛山書院으로 이어진다. 퇴계와 도산서원은 그 관광객들에게 도대체 어떤 내용의 충격을 주고 있는 것일까.

도산서원의 핵심부는 퇴계 재세시在世時에 건립된 도산서당과 그 옆의 농운정사이다. 경내의 다른 건물들은 퇴계 몰후沒後에 그의 덕을 흠모하는 후학들이 건립했다. 도산서당은 퇴계 자신의 공부와 강학의 공간이었고, 농운정사는 그 가르침을 받드는 후학들의 기숙사였다.

도산서당의 건축구조적 특징은 그 염결한 단순성에 있다. 그 단순성의 심층구조를 들여다보는 일은 안동 여행의 가장 큰 기쁨이며 공부일 것이다.

도산서당은 맞배지붕에 홑처마 집이다. 그것이 그 건물의 전부이다. 그 서당은 한옥이 건축물로서 성립될 수 있는 최소한의 조건들만을 가지런히 챙겨서 가장 단순하고도 겸허한 구도를 이룬다. 그 맞배지붕과 홑처마는, 삶의 장식적 요소들이 삶의 표면으로 떠오르는 부화浮華를 용납지 않는 자의 정신의 삼엄함으로 긴장되어 있고, 결핍에 의해 남루해지지 않는 자의 넉넉함으로써 온화하다. 그 서당 안에서 퇴계의 공부방은 2평을 넘지 않는다. 인간이 지상에 세우는 물리적 구조물은, 그 안에서 삶을 영위하는 자의 절박한 내적 필연성의 산물이라야 한다는 것을 도산서당의 구조는 말해주고 있다.

도산서원
도산서원의 지붕은 가장 단순한 맞배지붕에 홑처마이다.
검박하지만 가난하지 않고, 여유롭지만 넘쳐나지 않는다.
이 단순성은 위대하다. 퇴계가 세상을 떠나던 날 저녁에 내린 눈발처럼.
그의 마지막 말은 "매화에 물 주어라"라는 당부였다.

아마도 도산서당의 구도의 단순성은 퇴계 자신의 마음 빛깔과 그것을 실천하는 삶의 태도를 물리적 공간에 응축해놓은 구도라고 말해도 무방할 터이다. 절제의 극에 닿은 그 구도 안에서 억압되어 있는 것은 아무것도 없고, 그 작은 공부방과 마루는 서원의 언덕 아래로 커다랗게 굽이치는 낙동강과 그 언저리 인간의 마을을 향해 열려 있다.

도산서당의 위치는 인간세와 차단된 격절의 공간도 아니고 인간세에 매몰된 오탁의 공간도 아니다. 그 자리는 인간의 세상과 연결되어 있으면서도 한 굽이를 돌아서 있는 위치이며, 인간의 세상과 아름다운 거리로 떨어져 있으면서도 인간의 세상과 쉴새없이 통로를 개설하는 위치이다.

도산서원의 입구 매표소에서부터 강을 끼고 걸어 올라가서 도산서당에 닿는 길은 책 읽기와 세상 읽기, 혼자 살기와 더불어 살기, 세상 속에서 살기와 세상 밖에서 살기의 관계, 그리고 세계와 자아의 관계를 인간의 물리적 공간 속에서 어떻게 설정하고 자리매김해야 하는지를 보여준다. 도산서당은 폐쇄된 자아의 밀실이 아니다. 그 서당의 물리적 위치는 인간의 세계와 연결되어 있으면서도 거기에 함몰하지 않는 위치이다. 그렇게 해서 책과 세상은, 서로 적당히 떨어져 있음으로 해서 역동적인 메시지를 상호 교환할 수 있었다. 도산서당의 심층구조는 그 건물의 물리적 얼개에 있기도 하지만 그보다 더 근본적으로는 퇴계의 마음 빛깔에 있을 것이다.

퇴계는 자리에 앉을 때 벽에 기대는 일 없이 하루 종일 단정히 앉앉고, 날마다 『소학小學』의 글대로 살았다. 짚신에 대나무지팡이를 짚었으며, 세숫대야로는 도기를 썼고, 앉을 때는 부들자리 위에 앉았다. 음식을 먹을 때는 수저 부딪는 소리를 내지 않았으며, 반찬은 끼니마다 세 가지를 넘지 않았고 다만 가지와 무와 미역만으로 찬을 삼을 때도 있었다. 손님을 모실 때가 아니면 특별한 반찬을 놓지 않았고, 어린이나 아랫사람에게 식사를 내릴 때도 반찬을 차별하지 않았다. 좋은 물건을 얻으면 반드시 종가로 보내 제상에 올리게 했다. 언제나 날이 밝기 전에 일어나 갓을 쓰고 서재로 나가 정좌하였고, 제자들과 마주 앉아 이야기할 때는 마치 귀한 손님을 대하듯 했다. 그 가르침은 자상하고 다정하였으나 제자들은 감히 스승의 얼굴을 쳐다보지 못했다.

나라에 세금을 낼 때는 언제나 평민들보다 먼저 냈으며, 진실로 예와 의가 아니면 남으로부터 조그마한 물건도 받지 않았으며, 예로써 받은 물건이라 할지라도 이웃이나 친척이나 또는 배우러 오는 제자들에게 모두 나누어주고 한 점도 집에 쌓아두지 않았다. 제자들을 '너'라고 부르지 않았으며, 제자가 자리에 앉으면 반드시 그 부모의 안부부터 물었다. 아무리 춥고 어두운 밤이라도 방안에서 요강을 쓰지 않고 반드시 밖에 나가서 소변을 보았다. 제사 때는 상을 거둔 후에도 오랫동안 신위神位를 향해 정좌해 있었고, 제삿날에는 술이나 고기를 들지 않았다.

퇴계는 70세에 이르러 병이 깊어지자 머무르던 제자들을 돌려보냈다. 아들을 불러 장례를 검소히 치를 것과, 장례에 대한 국가의 배려와 의전을 사양하라고 엄히 당부하였다. 남에게서 빌려온 책들을 모두 돌려보냈고, 가족에게 명하여 염습에 필요한 물건을 미리 준비케 하였다.

그가 세상을 떠나던 날 저녁에 눈이 내렸다. 제자들을 시켜 당신이 아끼던 매화나무에 물을 주게 하고 임종의 자리를 정돈시킨 다음 몸을 일으켜달라고 제자들에게 명하여 한평생을 지켜온 정좌의 자세로 앉아서 세상을 떠났다(퇴계의 삶의 구체적 모습은 그가 세상을 떠난 후 여러 제자들이 함께 편찬한 언행록과 연보에서 옮겨온 것이다).

낙동강 상류의 물가에 배움의 공간을 건설하려는 퇴계의 노력은 사십대 이후 계속되었다. 퇴계는 46세 때 이 물가에 양진암養眞庵이라는 작은 암자를 지었고, 50세 때 한서암寒栖庵을 지었으며, 60세에 도산서당을 지었다. 그는 흐르는 물가에 배움의 터를 마련하고 나서 시를 한 수 지었다.

시냇가에 비로소 살 곳을 마련하니
흐르는 물가에서 날로 새롭게 반성함이 있으리

이 물가의 배움터에서 그는 무려 40여 차례나 사직서를 써서 한양의 임금에게 보내야 했다. 그의 연보는 한 해에도 몇 번씩 거듭되는 임명과 불취로 점철되어 있다. 그는 70세로 세상을 떠나던 마지막 해까지도 벼슬을 거두어주기를 요구하는 사직서를 임금에게 보냈다. 그의 사직은 거의 필사적이라는 느낌을 준다. 임금의 명을 거듭 물리치기 민망하여 서울로 올라가는 길목의 주막에서조차 그는 사직서를 써서 인편에 보냈다.

사직서만이 이미 인의仁義를 저버린 정치 현실의 공세로부터 자신의 초야草野를 방어할 수 있는 유일한 수단이었다. 그의 뜻은 자연에 있었으나 그는 자연의 맹목적인 아름다움에 함몰하지는 않았다. 그가 생각했던 아름다움은 인격의 내면성에 바탕을 둔 것이고, 자연은 탐닉이나 열광, 음풍농월의 대상이기보다는 인간을 고양시키고 정화시키는 인격적 기능으로서 아름다운 것이고 인간의 편이었다.

도산서당의 그 염결하고도 단순한 구도는 퇴계의 삶의 모습과 삶의 태도를 집약하고 있고, 모든 아름다움을 인간과의 관계 위에서만 긍정한 그의 미의식을 공간적으로 표현한 구조물이라고 할 수 있다. 그 공간구조는 맞배지붕에 홑처마이다.

감추어진 삶과 드러나는 삶의 꿈을 동시 구현하는 집들

도산서원을 나선 발길은 하회마을로 향하게 마련이다. 하회에 갈 때는 안동대 임재해 교수가 쓴 『민속마을 하회 여행』 또는 『안동 하회마을』 같은 책을 읽어야만 하회의 두터운 문화적 층위를 이해할 수 있다.

임재해 교수는 하회의 아름다움이 '조화'에 있다고 말한다. 적대관

안동 하회마을의 골목길

하회마을 집들은 서로를 정면으로 마주 보지 않고 비스듬히 외면하고 있다.
존재의 품격은 이 적당한 외면에서 나온다.
그래서 마을의 길들은 구부러져 있다.

계나 갈등관계에 놓일 수도 있는 수많은 대립요소가 하회에서는 조화와 포용에 도달해 있다.

양반과 상민, 유교 문화와 무속, 자연과 인간, 기와집과 초가가 강물 굽이치는 그곳의 빼어난 자연 경관을 무대로 삼아 조화와 공존을 이루며 화해로운 삶의 질감을 누리고 있는 모습이 하회의 가장 중요한 본질일 것이라고 임교수는 말했다. 도산서당을 보고 나서 하회마을을 찾은 관광객들은 유가적인 삶의 풍요함과 너그러움에 아늑함을 느낄 것이다. 도산서당의 구조가 삼엄한 이념형이라면 하회마을은 그 이념형이 삶의 현장에서 너그럽게 적용되면서 삶의 다양한 국면을 포용하고 쓰다듬는 생활의 조직원리로 작동되고 있음을 알 수 있다. 하회마을에 관한 임재해 교수의 글은, 마을의 골목과 길이 뻗어나간 방식과 모습, 그리고 집들의 좌향을 분석하는 대목에서 엄정하고도 섬세한 감수성을 보인다.

마을길이 아주 넓고 방사선형 체계를 이루고 있으면서도 곧지는 않다. 골목길을 따라가보면 멀지 않은 곳에 담장이 눈앞에 막아서거나, 담장 사이로 길이 휘어지면서 그 꼬리를 감추어버리는 경우를 종종 볼 수 있다. 길과 집의 방향이 일치하지 않기 때문에 길이 대문을 찾아 들어가려면 굽이를 틀 수밖에 없다. 마을의 골목은 그 자체로 형성되는 것이 아니라 집의 분포에 따라 집과 집을 이어주는 소통체계로 형성되는 것이다. (……) 그러므로 길이 각 집의 방향에 따라 전면부의 출입구까지 이르려니 우회하여 돌아갈 수밖에 없다. 길의 전체적인 체계는 집의 분포가 결정하지만, 길이 흐르는 선은 집의 방향에 따라 결정되는 것이다.(『민속마을 하회 여행』)

하회의 집들은 서로 정면으로 마주 보지도 않고 서로 등을 돌리고 있지도 않다. 하회의 집들은 서로 어슷어슷하게 좌향을 양보하면서, 모두 자연 경관을 향하여 집의 전면을 활짝 개방하고 있다. 길은 그 집들 사이를 굽이굽이 흘러가 각 집의 대문에 닿는다. 담장은 차단이고, 길은 연결이다. 길은 낮은 흙담을 따라 굽이친다. 차단과 연결이 함께 길을 따라 흐른다. 길은 대문을 향해 일직선으로 달려드는 것이 아니라 이 집 저 집의 모퉁이를 돌아서 대문에 당도한다. 인간의 삶은 감추어져야 하고 또 드러나야 한다.

하회의 집들은 감추어진 삶과 드러나는 삶의 꿈을 동시에 구현한다. 길은 연결과 드러남의 구도이고, 집은 차단과 감춤의 구도이다. 길이 여러 집을 에돌아서 대문에 당도할 때, 그 길은 드러남과 감춤의 기능을 동시에 수행하는 것이다. 그 길은 익명성에 매몰되어 다만 기계의 신호에 따라 작동하는 고속도로가 아니다.

하회의 길들은 집으로 돌아가는 길이며, 이웃에게로 돌아가는 길이다. 그 길은 감추어진 삶과 드러나는 삶의 사이를 지나서 인간의 안쪽과 바깥쪽으로 함께 뻗어 있는 길이다. 다시 대도시로 돌아가는 고속도로는 체증에 막혀 있었고, 교통방송의 내용은 막힘뿐이었다.

살아 있는 건축 역사관, 봉정사

봉정사鳳停寺는 안동시 서후면 천등산 기슭에 있다. 하회마을에서 자동차로 20여 분 걸린다. 봉정사는 전국의 사찰 중에서 가장 다양한 양식의 건축물들을 보존하고 있다. 고려 중기에서부터 조선 초기·중기·후기에 이르는 각 시대의 건축물들이 저마다 그 시대 양식의 한 전형을 보이며 이 사찰의 경내에 모여 있다. 봉정사는 살아 있는 건축 역사관이라고 할 만하다.

봉정사에서 가장 오래된 건물은 고려 중기의 목조건물인 극락전국보 15호이다. 이 극락전은 영주 부석사의 무량수전과 함께 우리나라 최고의 목조건물인데, 건축 양식으로는 무량수전보다 오래된 것으로 평가된다. 봉정사 극락전은 부석사 무량수전처럼 장엄하고도 숨막히는 산하의 경치를 눈 아래 깔고 있지는 않다. 그 건축의 질감은 무량수전과 흡사한 점이 없지 않지만, 규모는 무량수전보다 작다. 봉정사 극락전은 고전적인 단순성의 위엄과 힘의 안정감으로 당당하다. 1363년에 이 건물을 중수했다는 기록이 있으므로, 건립 연대는 그보다 앞선 고려 중기일 것으로 추정된다.

봉정사 대웅전보물 55호은 고려 말·조선 초의 건축 양식을 보여준다. 건물의 구조로써 힘을 드러내 보이는 방식은 훨씬 더 표현적이고 장식적인 요소들이 스며들게 된다. 추녀는 지상과 일정한 각도를 이루며 치켜올려진다. 경내의 고금당은 조선 중기의 목조건물이고 화엄강당은 조선 후기의 목조건물이다.

봉정사는 의상대사義湘大師의 사찰이다. 신라 후기에 이르러 화엄 종단은 지리산 화엄사를 본산으로 삼는 남악파와 태백산 부석사를 본산으로 삼는 북악파로 양분되었는데, 의상은 북악파의 지도자였다. 의상은 부석사를 중심으로 해서 화엄의 교학을 크게 일으켰고, 그의 수려한 제자들과 함께 많은 사찰을 세웠다. 부석사를 세운 의상이 종이로 봉을 만들어 날리고 이 봉이 앉은 곳에 다시 절을 세워 그 이름을 봉정사라 하였다고 한다. 봉정사의 창건 설화로 미루어 봉정사는 부석사와 불가분의 관계인 듯하다.

옛집과 아파트

일상생활 속에서 공간의 의미를 성찰하는 논의는 늘 무성하다. 개항 이래 이 나라에 건설된 주택과 빌딩과 마을과 도시 들은 모두 자연과 인간을 배반했고, 전통적 가치의 고귀함을 굴착기로 퍼다버렸으며 인간은 더이상 인간의 편이 아닌 공간에 강제수용되어 있다는 탄식이 그 무성한 논의의 요점인 듯하다. 비바람 피할 아파트 한 칸을 겨우 마련하고 나서, 한평생의 월급을 쪼개서 은행 빚과 이자를 갚아야 하는 사람이 그런 말을 들으면 마음속에 찬바람이 분다. 마소처럼, 톱니처럼 일해서 겨우 살아가는 앙상한 생애가 이토록 밋밋하고 볼품없는 공간 속에서 흘러간다. 그리고 거기에 갇힌 사람의 마음도 결국 빛깔과 습기를 잃어버려서 얇고 납작해지는 것이리라.

아파트에는 지붕이 없다. 남의 방바닥이 나의 천장이고 나의 방바닥이 남의 천장이다. 아무리 고층이라 하더라도 아파트는 기복을 포함한 입체가 아니다. 아파트는 평면의 누적일 뿐이다. 천장이고 방바닥이고 부엌 바닥이고 현관이고 간에 그저 동일한 평면을 연장한 민짜일 뿐이다. 얇고 납작하다. 그 민짜 평면은 공간에 대한 인간의 꿈이나 생활의 두께와 깊이를 받아들이지 않는다. 한 생애의 수고를 다 바치지 않으면 이런 집에서조차 살 수가 없다. 공간의 의미를 모두 박탈당한 이 밋밋한 평면 위에 누워서 안동 하회마을이나 예안면 낮은 산자락 아래의 오래된 살림집들을 생각하는 일은 즐겁고 또 서글프다.

추사秋史는 대청마루 위에 '신안구가新安舊家'라는 편액을 걸었다. '늙음'이 스며들어 있는 집이 좋은 집이다. 집은 새것을 민망하게 여기고, 새로워서 번쩍거리는 것들을 부끄럽게 여긴다. 추사의 '구가' 속에는 그가 누렸던 삶의 두께와 깊이가 녹아들어 있다. 오래된 살림집은 깊은 공간을 갖는다. 우물과 아궁이는 깊고 어둡고 서늘하다. 불을 때지 않을 때 아궁이 앞에 앉으면 굴뚝과 고래가 공기를 빨아들여서 늘 서늘한 바람기가 있다.

물과 불은 삶의 영속성을 지탱해주는 두 원소이다. 이 두 원소는 가장 깊고 어두운 곳에서 태어난다. 두레박으로 길어올린 물은 그 물을 퍼올린 사람의 생애 속으로 흘러들어온다. 그가 깊은 곳에 줄을 내려서 거기에 고여 있는, 갓 태어난 원소를 지상으로 끌어올렸기 때문이다.

이 물은 아파트 싱크대 수도꼭지에서 쏟아지는 익명성의 물과는 수질이 다르다. 아궁이는 땅속과 하늘을 연결하는 바람의 통로이다. 그 통로의 입구이다. 불길은 고래를 따라서 흐르다가 연기가 되어 굴뚝으로 빠져나가 하늘로 오른다.

불길은 흩어져서 없어지고 방바닥에는 온도가 남는다. 그 온도 위에서 사람들은 자식을 낳고 기른다. 사람이 눕는 방바닥 밑으로 하늘과 땅이 소통하고, 그 통로를 따라 불길이 흐른다. 우물 속의 물과 아궁이 속의 불은 언제나 새롭게 빚어지는 원소들이다. 이 새로움은 우물과 아궁이라는 늙음의 형식 속에서 빚어진다. 새로움의 내용은 늙음의 형식 안에 편안하게 담긴다. 이것은 몽상이 아니다. 이것은 사람이 누워 있는 방바닥 밑 땅속에서 실제로 벌어지고 있는 과학현상이다.

안방은 물, 불, 밥, 생명 같은 원형질의 공간이다. 안방은 땅속과 깊이 연결되어 있으면서도 그 밑으로는 하늘과 통한다. 마루는 어떤가. 마루는 고래의 불길이 닿지 않고, 땅으로부터 일정한 높이로 떨어져 있다. 그래서 마루는 서늘하고, 불길이 닿지 않아도 습기가 없다. 마루는 안방보다 훨씬 더 사회적인 공간이고, 공적으로 진화한 공간이다. 마루는 움집의 추억이나 땅속의 원형질로부터 먼 거리를 진화해왔다.

마루가 이룩한 진화의 내용은 그 서늘함에 깃든 공적 개방성이다.

그리고 마루가 이룩한 진화의 정도는 마루와 땅 사이의 거리, 그 빈 공간의 높이다. 사람이 신발을 벗지 않고도 편하게 걸터앉을 수 있는 높이에서 마루의 진화는 완성된다. 그러므로 개들은 마루 밑에 들어가서 땅에 배를 깔고 자는 것이 마땅하다.

마루 위를 지나는 대들보와 마루 천장에 드러난 서까래는 이 공적 개방성의 공간 위에 논리적 안정감을 부여한다. 그래서 마루는 세상을 맞이하는 공간이며, 더 넓은 공간과 소통되는 공간이다. 비록 작은 평수의 마루라 하더라도, 마루는 그 열려짐의 크기로 세상 전체를 향한다. 그렇게 해서, 안방에서 문지방을 넘어서 마루로 나올 때 우리는 더 크고 더 넓은 삶의 새로운 질감 속으로 들어선다.

오래된 살림집의 문짝들은 공간을 구획하고 차별화하지만, 격절시키지는 않는다. 미닫이문을 열고 드나들 때 사람들의 공간감각 속에서는 이쪽과 저쪽이 분열을 일으키지 않고 충돌하지 않는다. 미닫이문을 닫을 때, 문밖의 공간은 제거되거나 격절되지 않는다. 문밖의 공간은 당분간 저쪽으로 밀쳐질 뿐이다. 미닫이문은, 열려 있을 때나 닫혀 있을 때나 언제나 문이 갖는 소통의 기능을 수행한다. 미닫이문은 옆으로 포개지면서 열리고 닫힌다. 미닫이문은 벽을 헐어내고 만든 통로가 아니다. 미닫이문은 애초부터 통로로 태어난 문이다. 이 문이 소통과 구획을 동시에 수행한다.

호텔이나 아파트의 여닫이문은 벽을 헐어내고 뚫은 문이다. 이 여닫이 문짝은 문밖의 공간을 완벽히 차단하고 제거한다. 차단 기능이 클수록 좋은 문짝으로 꼽힌다. 아파트의 도어는 사람이 드나드는 순간에만 문이고 닫혀 있을 때는 벽이다. 그러니 문이라기보다는 벽에 가깝다. 드나들어야겠다는 욕망과 외부를 차단해야 한다는 욕망이 그 문짝 속에 기묘하게도 뒤엉켜 있다. 평생을 이 철벽 같은 문짝 안에 갇혀서 살아왔다. 아름다운 것들은 이제 액자에 담긴 그림처럼 생활과 떨어져 있다. 이 그림을 다시 삶 속으로 끌어내릴 수는 없는 것인가. 그저 뒷짐지고 들여다보기만 해야 하는 것인가. 집 살 때 꾼 돈이 잦날은 흥부네 끼니 돌아오듯이 돌아온다.

안동 하회마을이나 예안면의 옛집들을 기웃거릴 때, 오늘의 빈곤은 가슴 아프다. 이 아픔 속에 좀더 좋은 미래가 있다면 얼마나 좋을까. 그것을 믿어도 좋을 것인가.

지옥 속의 낙원
식영정, 소쇄원, 면앙정

　무등산은 삶 속의 산이다. 세상이 끝나는 곳에서 솟아오른 산이 아니라 세상 속으로 내려와 있는 산이다. 산이 세상을 안아서, 산자락마다 들과 마을을 키운다. 이 산은 부드럽고 넉넉하다. 무등산은 월출산처럼 경쾌하게 흔들리지도 않고, 팔공산처럼 웅장한 능선의 위용을 과시하지도 않는다. 무등산은 서울의 북한산처럼 하늘을 치받는 삼엄한 골세骨勢의 돌올한 기상을 보이지 않는다. 이 산은 사람을 찌르거나 겁주지 않고, 사람을 부른다. 아마도 이 산은 기어이 올라가야 할 산이 아니라 기대거나 안겨야 할 산인 듯싶다. 북한산을 사랑하는 서울 사람이 광주에 가서 북한산 자랑을 심하게 하다가 광주 사람들한테 야단맞은 적도 있다.

　전남 화순 동복호수에서 출발하는 자전거는 무등산의 북쪽 산간도로를 따라서 담양 쪽으로 간다. 여기는 순한 땅이다. 산이 마을을 옥죄지 않고 품을 넉넉하게 열어서, 들과 마을은 산을 어려워하지 않는다. 작은 호수들이 많고, 넓은 들 한가운데 우거진 숲들이 많고, 400년이 넘은 오래된 정자들이 많다. 자전거는 정자마다 들러서 놀면서 천천히 가겠다.

16세기 호남의 이름난 누정樓亭들은 화순에서 무등산을 넘어 담양으로 가는 887번 지방도로 언저리와 그 인근 야산에 집중되어 있다. 식영정, 소쇄원, 취가정, 죽림재, 명옥헌, 송강정, 면앙정, 독수정, 환벽당 그리고 또 많다. 조선 중·후기의 호남 시인들은 이 이웃한 정자들을 오가며 놀았고, 호남 시단의 문학적 에콜은 정자들을 중심으로 피어났다.

정자는 현실의 중압이 빠져나간 자유의 공간이다. 정자는 삶과 격절된 자리도 아니고 삶의 한복판도 아니다. 정자는 처자식 출입 금지 구역이지만, 정자에서 놀 때 처자식을 버리는 것도 아니다. 서로 말을 알아듣는 남자들끼리 모여서 시를 지으며 좀 노는 곳이다. 정자의 위치는 들판보다 조금 높지만 아주 높지는 않다. 산꼭대기에 지은 정자도 있기는 하다. 이런 정자는 대개가 경관에 액센트를 주기 위한 것이고, 사람이 모여서 노는 문화 공간은 아니다. 정자의 위치는 세상을 깔보지도 않고, 세상을 올려다보지도 않는다. 정자의 내부구조와 원림園林 내의 공간 배치는 세상으로부터 등을 돌리지도 않고, 세상을 정면으로 마주 대하지도 않는다. 정자와 세상과의 관계의 본질은 서늘

전남 담양 고비산의 석양
석양은 수많은 색으로 흘러가다가 마침내 어둠으로 함몰된다.

함이다. 정자는 그 안에서 세상을 내다보는 자의 것인 동시에, 그 밖에서 정자를 바라보는 자의 것이다. 정자는 '본다'는 행위가 갖는 시선의 일방성을 넘어선다.

시선의 일방성에는 폭력이 숨어 있다. 이 폭력도 근대성의 일종이다. 소쇄원에는 공간의 중심이 없다. 소쇄원의 정자들은 좌향이 어긋나 있고, 면앙정은 그 아래로 펼쳐진 담양 들판을 정면으로 내려다보지 않는다. 소쇄원에서는 보는 쪽이 보여지고, 보여지는 쪽이 본다. 낙원에서는 남의 기쁨이 되는 것이 나의 기쁨인 모양이다. 정자에서는 시간이 공간을 흔든다. 낙원은 고착된 공간이 아니다. 소쇄원의 개울물은 작은 인공으로 거대한 자연을 인간 쪽으로 끌어들인다. 이 인공의 장치는 자연을 모셔들이는 작은 징검다리와 같다. 이 징검다리의 표정은 수줍다. 정자 앞을 흐르는 개울물을 따라 시간이 흘러서, 소쇄원의 공간은 흔들리면서 흘러간다.

담양의 옛 정자들 중에서, 아마도 죽림재가 가장 유가적儒家的이고, 식영정이 가장 도가적道家的이지 싶다. 식영정의 격절감은 차갑고 우뚝하다. 여기서 송강松江이 「성산별곡」을 지었다. 식영정에서는 "산중에 책력 없어 사시를 모른다"는 그의 노래가 과장이 아니다. 그러나 식영정은 첩첩산중이 아니다. 식영정은 길과 물가에 잇닿은 작은 언덕 위다. 식영정의 격절감은 정자의 높이에 있지 않고, 그 주변 경관에 있다. 송강은 작은 포즈 하나만으로도 도가적 격절을 이루어낼 수 있었다. 식영정은 유가 세상의 한 귀퉁이를 비집고 들어선 도가의 낙원인 것처럼 보인다.

잔혹한 당쟁과 사화士禍가 중앙 정치판을 휩쓸고 지나간 뒤마다 담양 들판에는 정자들이 늘어났다. 조광조趙光祖는 조선 성리학의 정치적 절정이었다. 조선 사대부들 중에서 아무도 조광조만큼 근본주의에 완벽할 수는 없었다. 그는 가장 완강하고 가장 순결한 복고주의의 힘으로 가장 미래지향적인 정치 개혁을 단행했다.『소학』의 원칙주의를 체질화한 그는 이념과 현실의 차이를 긍정할 수 없었고, 그 간격에 안주하는 자들은 '소인배'라고 규탄했다. 그는 현실 속에서 왕도정치의 낙원을 건설하고 있었으므로 그가 시골에 따로 정자를 지을 필요는 전혀 없었을 것이다. 조광조는 기묘사화에 죽었고, 낙원은 문을 닫았다.

조광조가 죽자 그의 낙원 건설을 황홀하게 바라보고 있던 문하생 양산보梁山甫, 1503~1557는 서둘러 고향으로 내려와 또다른 낙원을 건설했다. 이 낙원이 소쇄원이다. 양산보는 그가 상실한 정치적 낙원과 그가 새로 지은 원림 속 낙원 사이의 관계에 대하여 일언반구도 말하지 않았다. 송강에게서 알 수 없는 것은 당쟁의 정치 현실 속에서 그가 보여준 노련한 전투 기술과 그의 도가적 정자 사이의 관계다. 송강도 그 관계를 설명하지 않았다. 400년 후에 자전거를 타고 온 한 후인의 눈에 이 정자들과 낙원의 서늘함은 불우하다. 소쇄원·식영정뿐 아니라, 다른 많은 정자들도 그 불우의 그림자를 드리우고 있다. 불우한 자들이 낙원을 만들고 모든 낙원은 지옥 속의 낙원이다. 소쇄원에는 산수유가 피었다.

대숲은 삶을 포용하고 사람의 마을을 품고 있네

담양에는 대나무숲이 많다. 대숲은 들판 여기저기 들어서 있다. 집한 채를 품고 있는 숲도 있고 마을을 품고 있는 숲도 있다. 멀리서 보면 담양의 대숲은 들판에 흩어진 섬과 같다. 봄의 대숲은 연두색이다.

대숲은 자연림이지만 활엽수림처럼 자유의 산만함이 없다. 대숲은 가지런하고 단정하다. 봄의 대숲은 자작나무숲이나 오리나무숲처럼 생명의 기쁨으로 자지러지지 않고, 여름의 대숲은 다른 활엽수림처럼 비린내 나는 습기를 내뿜지 않는다. 대숲은 늘 스스로 서늘하고, 잘 말라서 질퍽거리지 않는다. 대숲은 늘 꿈속처럼 어둑어둑하다. 이것이 몽밀蒙密이다. 대나무로는 무기도 만들고 악기도 만든다. 죽창과 피리가 모두 대나무다. 대나무로는 연장도 만들고 가구도 만들고 농기구도 만들고 사군자도 친다. 세상을 깨부수고 바꾸려는 사람들은 대나무숲으로 와서 무기를 구했고, 세상을 버리고 숨으려는 사람들은 대나무숲으로 돌아와 누웠다. 그래서 대나무숲은 세상으로 나가는 전진기지이며 세상을 버리고 돌아오는 후방의 쓸쓸한 낙원이다. 대나무숲은 전투적 이념의 절정이며 은둔의 맨 뒷전인 것이다.

대나무의 삶은 두꺼워지는 삶이 아니라 단단해지는 삶이다. 대나무는 죽순이 나와서 50일 안에 다 자라버린다. 더이상은 자라지 않고 두꺼워지지도 않고, 다만 단단해진다. 대나무는 그 인고의 세월을 기록하지 않고, 아무런 흔적을 남기지 않는다. 대나무는 나이테가 없다. 나이테가 있어야 할 자리가 비어 있다. 왕대는 80년에 한 번씩 꽃을 피운다. 눈이 내리듯이 흰 꽃이 핀다. 꽃이 피고 나면 대나무는 모조리 죽는다. 꽃 속으로 모든 힘이 다 들어가서 대나무는 더 살 수가 없다. 대꽃은 흉흉하다. 담양의 노인들은 "대꽃이 피면 전쟁이 난다"고 말한다. 대나무숲은 삶의 모든 국면을 다 끌어안고서도, 그 성질은 차고 단단하다. 미쳐서 죽을 것 같은 마음의 번뇌를 죽순이 다스린다고 옛 의학서적에는 적혀 있다. 그 임상 효과가 어찌되었건 간에, 대숲은 사람의 마음을 다스릴 만하다. 대나무숲의 배후는 복합적이다. 무기와 악기, 싸움과 안식이 모두 이 숲 속에 있다. 담양 들판에서는 이 숲이 사람의 마을들을 품고 있다.

고해 속의 무한강산

부석사

마구령 산길을 따라 소백산을 넘어갔던 자전거는 다시 고치령 산길을 따라 산을 거꾸로 넘어서 부석사浮石寺, 경북 영주시로 돌아왔다. 산속 비탈밭에서 거두지 않은 고추가 서리를 맞아 지천으로 썩어간다. 농부를 붙잡고 물어보니, 고추 값이 맞지 않고 품삯을 댈 길이 없어 거두지 못하던 차에 서리가 내렸다는 것이다. 더 바싹 말라 비틀어지면 낫으로 걷어내서 군불이나 때야겠다고 말하면서 그는 땅바닥에 침을 탁 뱉었다. 그는 땔감으로 쓰려고 마른 콩대를 지게로 져 나르고 있었다. 그의 지게 짐은 키보다 높았다.

바람이 짐을 떠밀자 지게에 짓눌린 그는 쓰러질 듯이 비틀거리더니 목발을 짚고 다시 일어섰다. 그는 게처럼 모로 걸어가며 바람의 공세를 피했다. 무너지고 또 일어서면서 그는 썩어가는 고추밭 고랑을 따라서 집으로 돌아갔다. 지쳐서 쓰러지는 사람에게 기운 내라고 말하는 것이 도덕인지 부도덕인지 가늠하기 어려웠다. 산비탈 양지쪽 그의 집 굴뚝에서 푸른 연기 한 줄기가 겨울 바람에 흩어진다.

고치령 오르막길은 멀고도 팍팍하다. 여기는 명승도 절경도 아니다. 산천에 본래 잘난 땅이 따로 있고 후진 땅이 따로 있는 것이 아닐진대 금강산이나 경기도 일산의 정발산이나 모두 다 국토의 이름으로 동등하다. 고치령 오르막길은 다 잃어버리면서도 또 꾸역꾸역 살아가야 하는 고단한 삶 속으로 뻗어갔다.

버리고 떠난 슬레이트 지붕 처마 밑에서 바람에 부대끼는 시래기다발이 흙벽에 쓸리면서 메마른 소리로 서걱거렸다. 햇볕에 말리던 무말랭이 소쿠리는 땅바닥에 뒤집혀 있었고, 먹다 버린 된장독 속에서 주먹만한 버섯들이 솟아올랐다. 새 천년의 온 산골마을 빈집 흙담에서 시래기는 겨우내 바람에 서걱거리고, 라면 봉지 떠 있는 우물 속에 새까만 염소 한 마리 빠져 죽어 있는데, 못 얻어먹어서 비쩍 마른 주인 없는 개들은 사람을 보고 반기지도 짖지도 않고 비실비실 피했다.

고치령 오르막길은 굽이굽이 멀었다. 고개 너머 내리막길을 아예 잊어버려야만 자전거는 기나긴 오르막을 오를 수 있다.

고치령을 넘어온 자전거는 순흥順興 들판을 가로질러 저녁 무렵 부석사에 당도하였다. 고해의 산맥을 다 넘어온 들녘가에서 푸른 절벽처럼 우뚝한 절은 노을에 젖어 있었다. 소백 연봉 뒤로 저무는 석양이

부석사 무량수전의 황혼

저녁빛이 배흘림기둥에 스밀 때 부석사 앞 소백산맥은 무한강산이다.
절이 떠서 부석사浮石寺가 아니라 그 절 마당에서 사람이 둥둥 떠서 부석사인 것 같다.

무량수전에 비치어, 일몰의 부석사는 무한강산이었다. 몸이 기진했을 때, 풍경은 기갈처럼 몸속으로 파고든다. 사찰 경내의 길은 꺾이고 또 꺾이면서 일주문·범종루·안양루를 지나 무량수전에 이르고, 길이 꺾이는 지점마다 누각들은 서로 어려워하듯이 비스듬히 좌향을 틀면서 들어앉았다.

꺾이고 휘어지면서 무량수전에 이르는 그 길은 멀지 않았으나 아득하였고 수평 이동을 수직 상승으로 끌어올리는 고양감으로 높아 보였는데, 이 전환을 위한 장치들은 모두 개산조 의상義湘. 625~702의 공간 연출이었을 것이다. 그가 짐승의 산을 열어서 부처의 산으로 바꾸어놓을 때, 그의 도로 연장공사는 저 마구령·고치령을 넘어가는 인간고人間苦의 길을 부처의 땅으로 끌어들여 무량수전 앞마당에까지 이어놓으려 했던 것인데, 세기가 저무는 부석사의 저녁에 화엄의 도로는 소백 연봉의 노을 속으로 빨려들어가 보이지 않았다.

신라의 군대는 서기158년에 소백산맥을 넘는 죽령 도로를 개척했다. 산맥 너머에 포진한 고구려의 군대를 잡기 위한 군사도로였다. 이 노선의 일부는 지금 죽령휴게소에 차 세우고 우동 먹고 가는 5번 국도다. 길은 본래 주인이 없는 것이므로 고구려 군대도 이 길을 따라 신라로 쳐들어왔다.

소백산맥에 군사도로가 뚫린 지 518년 후에 의상은 이 고개를 멀리 바라보는 신라 최전방 격전지 들판에 부석사를 세웠다. 그 500년 동안 전란은 그칠 날이 없었다. 김부식金富軾의 수사법에 따르면, 의상의 시대인 7세기에 이 들판에서는 인마人馬의 피가 내를 이루어 창과 방패가 피에 떠내려갔다. 피가 내를 이루던 살육의 시대에 의상은 가장 웅장한 평화의 체계에 도달했던 것인데, 그의 화엄체계 속에서 당대의 살육이 어떻게 설명되는 것인지는 나는 알 수 없다.

부석사 안양루에서, 소백 연봉은 말떼가 질주하듯이 출렁거리면서 지평선 너머로 달려갔다. 이 산하는 흔들거리는 산하였고, 부석사의 '뜰 부浮' 자처럼 떠 있는 산하였으며, 그 저무는 산하를 바라보는 인간은 물오리처럼 거기에 빠져서 숨을 꼴깍거리며 자맥질할 뿐이었다. 들판을 건너오는 비스듬한 석양은 무량수전의 천 년 된 기둥 속으로 편안히 스며들었는데, 오래된 것들끼리의 교감이 따로 있는 모양이었다.

그 무한강산 앞에서 젊은 사미승이 7세기의 들판을 향하여 저녁 예불의 종을 때렸고, 아미타불은 들판으로부터 고개를 돌려 서방정토를 바라보고 있었다. 날이 캄캄하게 저물어져, 자전거를 끌고 여관으로 내려왔다. 산 너머 마을의 빈집 흙벽에 쓸리는 시래기 우는 소리를 이 종소리가 잠재울 수 있을까. 새 천년의 들판에서 시래기 쓸리는 소리는 울고 또 울 것이었다.

고승들의 사랑법

원효나 의상 같은 신라의 높은 스님들이 젊었을 때 연애한 얘기는 후세 대중의 갈채를 받고 있다. 선묘善妙는 젊은 구도자 의상을 연모했던 중국 산둥 반도의 바닷가 여자다. 중국으로 유학간 의상이 상륙 첫날 묵었던 집의 딸이다. 선묘는 의상의 여자가 되기로 작정하고 분을 발랐다. 선묘의 소망은 이 멋진 구도자를 파계시켜서 살림을 차리는 것이었다. 선묘는 의상의 공부를 뒷바라지하면서 온갖 일용잡화를 구해 바쳤다. 의상은 공부를 마치고 한마디 말도 없이 신라로 돌아갔다. 선묘는 의상을 태운 배가 떠난 부둣가에서 바다에 빠져 죽었다. 의상은 돌아와서 부석사를 세웠는데, 이 절의 전설에 따르면 선묘의 넋은 용이 되어서 지금 부석사 무량수전 밑 땅속에서 이 웅장한 화엄종찰을 떠받치고 있다. 부석사는 선묘를 위한 제각을 세웠다.

젊은 날의 원효와 의상은 친한 친구였고 진리를 향해 함께 나아가는 도반道伴이었지만, 그들의 삶의 자취는 정반대다. 원효는 인간의 구체적 실존 속으로 나아갔고 의상은 화엄의 사유체계를 건설했다. 당나라로 가는 부두에서 두 청년은 해골바가지에 담긴 물 한 잔 나누어 마시고 헤어졌다. 자신에게 절실한 길은 따로따로인데, 청춘은 아름답다는 말은 이런 대목에서나 써야 한다. 의상이 낙산사에서 바다를 바라보고 있을 때 원효는 설악산 영혈암에서 산을 바라보고 있다.

의상은 정치적이다. 의상은 언제나 임금에게 직접 보고할 수 있는 채널을 확보하고 있었다. 부석사를 지은 재물도 임금한테 받은 것인 듯싶다. 원효는 대궐 쪽은 쳐다보지도 않고 백성들 틈에서 술 마시고 노래하고 뒹굴었다.

의상은 명문가의 아들인데 원효의 아버지는 하위직 관리였다. 의상은 당대 최고의 엘리트 지식인이었으므로 명문가의 딸을 만날 듯싶지만, 산둥 바닷가의 여염집 딸한테 걸려들었다. 어떤 사람은 선묘가 7세기 산둥 반도의 바닷가에서 외항선 선원들을 기다리며 바람 속을 서성거리던 수많은 여자 중의 한 명이었을 것이라고 말하기도 한다. 원효는 행적으로 보아서 천민의 딸과 연애해야 마땅할 것 같지만, 원효의 애인은 요석瑤石 공주다. 출신 계급이나 이념적 지향성을 일체 떠난 인연이다. 스님들의 사랑은 이 대목에서 또 한번 갈채를 받아 마땅하다. 선묘는 처녀고 요석은 과부다. 의상은 여자로부터 도망치고 외면하지만 원효는 밤중에 제 발로 애인 집을 찾아간다.

『삼국유사』에는 원효가 "이 세상에 얽매이지 않았고 거침이 없었다"라고 쓰여 있지만, 여자 앞에서는 그러지 못했다. 원효는 사랑의 깃발을 당당히 내세우면서 여자한테 가지 못하고, 여자 집 앞에서 일부러 개울에 빠져서 옷을 적시고, 옷 좀 말려달라는 구실로 여자한테 접근했다. 이것은 속세 대중이 하는 수작과 아무런 차이가 없는 것이다. 옷을 말리자면 옷을 벗어야 하는데, 설총은 그날 밤에 잉태되었다. 원효 스님 애인 집은 지금 경주 박물관에서 남천南川 개울가를 따라 내려가다가 35번 국도와 만나기 직전, 반월성 건너편에 있었다.

의상이 한 사내로서, 그리고 한 구도자로서 선묘라는 여자를 어떻게 생각하고 있었는지는 알 수가 없다. 이 대목은 『삼국유사』를 쓴 일연 스님이 잘못한 일인 듯싶다. 중요한 기사를 빠뜨렸다. 낙종이다. 의상은 중국에서 공부할 때 선묘가 가져다 바치는 일용잡화를 다 받아서 쓴 것으로 되어 있다. 그러니 의상은 선묘라는 여자의 존재를 충분히 알고 있었을 것이다. 그러면서도 일언반구 말을 걸지 않고 눈길 한 번 주지 않았다. 이 대목에서 갈채는 끝난다. 원효는 살아 있는 여자의 몸에서 아들을 낳았고 의상은 죽은 여자의 넋 위에 절을 지었다.

살아 있는 여자의 몸에서 아들도 낳고 절도 지을 수는 없는 모양이다. 높은 스님들도 이 두 가지 사업을 한꺼번에 해내지는 못했다.

선묘의 꿈은 살아서 솥단지를 들여앉히고 밥상을 차리고 아들을 낳는 것이었다. 가엾은 선묘는 죽어서 용이 되었고, 지금도 아득히 높은 애인의 절을 지키고 있다. 이것이 부처님 나라의 사랑법이라고 해도 선묘의 넋은 여전히 가엾다. 용이 되었기로, 밥상을 차리고 싶었던 젊은 날의 꿈을 버릴 수가 있었을까. 부석사 무량수전 배흘림기둥에 기대서 생각해보니, 아마 그럴 수는 없을 것이었다. 불법의 바다는 넓고, 슬픔의 바다도 넓다.

세속으로부터 비켜앉은 무한지계 화엄강산

화엄華嚴은 사람들이 이 세계 위에 어질러놓은 온갖 헛된 희망의 뿌리를 뽑는다. 화엄은 사람들이 이 세계 속에서의 삶과 시간과 공간을 설명하기 위해 설정한 온갖 개념의 가건물을 철거한다. 화엄은 이 세계를 언어로 치환해놓은 결과물을 인식이라고 말하려는 인간의 분별을 향하여, 그것은 인식이 아니라 세계와의 단절과 차단일 뿐이며 폐쇄된 존재의 미망이라고 가르친다.

화엄은 인간의 존재를 일시에 열어젖혀 모든 티끌과 모든 순간 속으로 나아가게 한다. 화엄이 열어내는 자유의 시공 속에서는 티끌이 작고 세계가 큰 것이 아니며, 순간이 짧고 영원이 긴 것도 아니며, 그리고 그 반대도 아니다. 그 새로운 시공 속에서 티끌과 우주는 융합하고 순간과 영원은 삼투하는 것인데, 그렇게 합쳐지는 시간과 공간은 사람들이 부처의 나라를 일으켜세울 수 있는 자유의 터전이다.

부석사는 신라 화엄의 종찰이다. 어떤 장엄한 산하는 그 굽이치고 넘실대는 풍경만으로도 이미 한 경전經典의 세계를 구현한 듯한 설렘을 주는데, 부석사 무량수전 앞 안양루에서 내려다보이는 소백 연봉이 그러하다.

6월의 소백산맥은 푸르고 강성하다. 태백산에서부터 서남방으로 방향을 틀어잡는 소백의 산세는 힘찬 기세로 부석사의 먼 남쪽 외곽을 달려나가는데, 형제봉·국망봉·비로봉·연화봉·도솔봉이 단연 우뚝하고, 수많은 작은 봉우리들이 큰 봉우리들 사이로 앞질러 달려나가고 있다. 부석사에서 내려다보는 소백산맥은 공간이 아니라 시간 속을 달리는 산맥으로 떠오르기 십상인데, 그 풍경은 그것을 들여다보면서 설명하려는 자에게 침묵을 명령하는 듯하다.

그 풍경을 설명하려는 시인·묵객들의 끈질긴 허영심은 지금까지 계속되고 있다. 부석사 안양루에 걸린 낡은 현판의 기록에 따르면, 어떤 자들은 이 웅장한 산하 앞에서 한낱 티끌로 떠도는 인간 존재의 슬픔을 토로하였고, 또다른 자들은 그 한없는 산하와 합치하는 듯한 존재의 부풀어오르는 자유를 노래하였다. 그러나 그 웅장한 산하에 대한 매혹만으로 부석사로 가는 여행을 설계할 수는 없다. 당唐에서 화엄 수학을 마치고 전란에 휩싸인 조국으로 돌아와 닫힌 산하를 열어서 화엄의 도량을 건설하던 무렵의 젊은 의상의 마음속 비밀을 헤아리는 일이 부석사로 가는 여행의 사명이라야 옳을 것이다.

의상은 한평생 옷 세 벌과 물병 한 개와 밥그릇 하나 외에는 몸에 지닌 것이 없었다. 세수를 한 뒤에도 수건을 쓰지 않고 얼굴의 물이 마르기를 기다렸다. 여러 산천을 두루 떠돌아다녔으며, 추위와 더위를 모르고 정진하되, 죽더라도 물러서지 않았다. 세상 잡사를 입에 담지 않았으며, 문도들과 화엄의 교학을 문답할 때도 말을 지극히 아꼈고, 말이 번다한 후학들을 엄히 꾸짖었다. "인연으로 빚어지는 모든 것들에는 주인이 없다"라고 그는 말했다. 그는 자신의 저작물에 자신의 이름을 붙이지 않았다. 그는 아무도 불러모으지 않았으나 배움을 구하려는 무리가 구름처럼 몰려들었다.

신라 문무왕 16년676에 왕명을 받들어 그는 부석사를 창건하였다. 여름에는 그늘에서, 겨울에는 양지바른 곳에서 『화엄경』을 강의했다 (의상의 삶의 모습에 관한 기술은 『송고승전』 『삼국유사』 그리고 균여의 글을 부분적으로 짜맞춘 것이다).

물병 한 개와 밥그릇 하나로 국토를 편력하던 젊은 의상에게 부석사에서 내려다보이는 소백산맥의 풍광은 신령했다. 1,300년 전 그 산하의 매혹은 지금도 계속되고 있다. 그 풍광은 이 젊은 이상주의자의 종교적 상상력을 절정으로 몰아가고 있다.

『송고승전』에 따르면, 부석사의 터는 "고구려의 바람과 백제의 먼지가 미치지 못하는 곳이며, 소나 말도 감히 범접할 수 없는 땅"이다. 떠돌던 의상은 이곳에 이르러 "이 땅은 신령스럽고 산이 수려하여 참으로 법륜을 굴릴 만한 곳이다. 화엄은 이처럼 선하고 복받은 땅이 아니면 융성할 수가 없다"라고 생각했다고 한다. 화엄의 교학이 산하의 웅장함과 만날 수 있었던 그 자리에 부석사는 세워졌다. 부석사는 그 지리 조건과 풍광만으로도 이미 화엄강산이었다.

부석사 일주문에서 범종루·응향각을 지나 안양루와 무량수전에 이르는 길은 천천히 걸어서 15분이면 족하다. 부석사의 공간구조는 이 길을 따라 올라가면서 점차 확대되고 상승하는 서방정토의 모사를 보여주고 있다. 무량수전에 이르는 길은 3단계의 거대한 석축을 지나게 되고, 그 석축은 다시 9단계의 층으로 나뉜다. 이 3단계 석축과 9층위 계단을 모두 거쳐서 올라가야만 사람들은 무량수전 안의 아미타불을 만날 수 있다.

이 9층위 계단은 서방정토에 이르는 길목이며, 그 계단이 끝나는 안양루는 정토의 입구이며, 안양루와 무량수전은 아미타불의 정토인 셈이다. 부석사 공간구조에 대한 이같은 해석은 중생이 서방정토에 이르는 단계를 설명한 『무량수경無量壽經』의 기록과 일치한다. 부석사의 경내 동선動線은 꺾여 있다.

부석사의 3단계 석축들은 서로 평행선을 그리는 것이 아니라, 일

정한 각도로 어긋나 있다. 안양루를 중심으로 하여 그 앞뒤 건축선은 30도 정도로 꺾인다. 부석사 경내에서 기하학적인 대칭이나 평행선을 이루는 공간은 없다. 모든 건축물은 다른 건축물과 마주치지 않고, 옆으로 비켜서 있다. 건축물들은 웅장한 산하를 정면으로 마주 보지 않고, 산하의 풍경으로부터 어느 정도 비켜서 있다.

무량수전 안의 아미타불도 그 발 아래 산하를 정면으로 마주 보지 않는다. 아미타불은 몸을 옆으로 돌려 동쪽을 바라보고 있다. 부석사는 공간 전체를 양분하는 중심축을 갖지 않는다. 부석사의 공간은 이 꺾인 동선과 건물 축, 어긋난 공간 배치와 수평을 이탈한 축대선에 의해 약동하는 생명력을 얻는다. 일주문에서 무량수전에 이르는 길은 이 세상의 변방을 아득히 우회하는 듯한 공간감의 확장을 느끼게 한다. 서방정토는 굽이굽이 돌아서 찾아가는 곳이라는 느낌을 그 길은 구현하고 있다.

범종루의 아래 통로를 지나면 마치 액자 같은 공간에서 안양루가 허공에 뜬 모습으로 나타난다. 범종루에서 바라보는 안양루는 비스듬히 옆으로 모습을 드러내고, 범종루에서 안양루에 이르는 길은 다시 꺾여 우회한다. 안양루는 그 건물을 밑에서 바라보는 사람의 공간감을 크게 확장시킨다. 서방정토는 인간의 현실 속에서 뚜렷하고도 분명하게 존재하지만, 그 낙원에 이르는 길은 아득히 우원迂遠하다는 종교적 경건성을 부석사의 길은 공간 안에서 드러내 보이고 있다.

무량수전 앞마당에는 화엄을 수학하던 시절 의상이 저술한『화엄일

승법계도』의 도인圖印이 그려져 있다. 『화엄일승법계도』는 『화엄경』의 거대한 구도를 겨우 210자로 압축한 시문詩文이다.

法性은 원융하여 두 모습이 없고
諸法은 不動하여 본래 고요하다
하나 안에 일체요, 多 안에 하나
하나가 곧 일체니, 多가 곧 하나
한 티끌 속에 十方世界가 들고
모든 티끌이 또한 그러하다

『화엄경』의 입법계품入法界品은 진리를 찾아서 천하를 떠돌던 선재동자가 보현보살을 만나는 대목으로 끝난다.

그때 보현보살의 몸에서 모든 털구멍마다 헤아릴 수 없이 많은 부처의 바다가 출렁거리고 있었고, 그 부처의 바다마다 또다른 부처들이 새롭게 태어나는 모습을 선재동자는 보았다. 안양루에서 내려다보이는 화엄강산의 모든 수목들 속에서 부처는 새롭게 태어나고 있었다.

살길과 죽을 길은 포개져 있다
남한산성 기행

　남한산성의 서문西門은 처연하다. 산성 내의 수많은 문루와 옹성과 전각 들 중에서 서문은 가장 비통하고 무참하다. 남한산성 서문의 치욕과 고통을 성찰하는 일은, 죽을 수도 없고 살 수도 없는 세상에서 그러나 죽을 수 없는 삶의 고통을 받아들이는 일이다. 아마도 받아들일 수 없는 고통과 치욕이란 없는 모양이다. 모든 받아들일 수 없는 것들은 결국은 받아들여진다. 삶으로부터 치욕을 제거할 수는 없다. 삶과 죽음이 서로를 겨누며 목통을 조일 때 삶이 치욕이고 죽음이 광휘인 것도 아니고 그 반대도 아니다. 이 세상에는 말하여질 수 있는 것보다도 말하여질 수 없는 것들이 훨씬 더 많은 모양이다.

　남한산성의 성벽 밖으로 가파르게 다가오는 지세는 성벽을 넘어 들어오면서부터 숨을 죽이고 낮아져서 성안은 완만한 구릉성 분지를 이

남한산성 서문의 치욕
삶과 역사는 때때로 치욕을 내포한다.
인조는 그 치욕을 감당하는 힘으로 다진 왕조의 중심으로 돌아갔다.

른다. 물줄기들은 섬세하고도 단정해서 마을을 피해 돌아가는데, 분지 안쪽에서 여러 줄기들이 아우러지면서 단일 수계를 이루며 동쪽으로 흘러내린다. 샘과 연못 들이 곳곳에 고여서, 작은 물은 마을에 가깝고 큰 물은 논에 가까운데 그 사이로 농경지는 열려 있다. 왕이 머물던 행궁(현재 경기문화재단에서 복원중이다)은 성안의 서쪽 산록에 기대어 남쪽을 바라본다. 산성의 방면별 지휘소인 장대將臺들과 성안의 치안과 행정을 담당하던 지방관아와 군사들의 훈련소와 사찰과 민촌이 두루 갖추어져 있다. 산성은 둘레 8킬로미터의 성벽으로 둘러싸인 2.3제곱킬로미터의 분지 안에서 스스로 자족한 왕도를 이루었다.

서문은 이 산성의 북서쪽 모퉁이로 해발 450미터의 고지다. 성문 밖에서부터 비탈은 가파른 경사를 이루어 기병이나 수레의 근접이 불가능했지만, 한강까지의 거리가 가까워서 지금도 송파 광나루 쪽 시민들은 주로 이 서문을 통해서 남한산성을 드나든다. 문루는 정면 3칸, 측면 1칸의 팔작지붕으로 지붕 끝에 겹처마를 둘러서 겨우 위엄을 갖추었으나 서문은 남한산성의 4개 대문 중에서 가장 외지고 작아서 출입구는 높이가 210센티미터, 폭은 140센티미터에 불과하다. 성벽이 산비탈을 따라 낮게 내려간 골짜기에 들어선 이 서문의 출입구는 군사들이 성벽 안팎을 은밀히 드나들던 암문暗門처럼 보인다.

1637년 1월 30일음력 새벽에, 인조는 세자를 앞세우고 서문을 나섰다. 도성과 대궐을 적에게 내주고 남한산성으로 피해 들어와 농성을 시작한 지 47일 만에 인조는 다시 산성을 버리고 치욕의 투항길에 나섰다. 농성은 희망이 없었고, 기약이 없었고, 대책이 없었다. 농성은 전투도 아니고 투항도 아니었다. 농성은 다만 대책 없는 버티기였을 뿐이었다.

47일 전인 1636년 12월 14일 새벽에, 도성을 버리고 달아나는 왕의 대열은 남문을 통해서 남한산성으로 들어왔다. 왕과 함께 남문으로 들어온 대열은 한줌에 불과했다. 왕의 앞에서 인도하는 자가 5~6명이었고, 뒤따르는 자들은 수십 명 정도였다. 나머지 중신과 백관 들은 동이 틀 무렵에야 성에 당도했다. 왕의 대열이 한양 도성을 빠져나와 수구문 밖을 지날 때 근위무사나 의장대열은 모두 흩어졌고 울부짖는 백성들이 몰려와 어가 대열에 뒤엉켰다. 왕의 대열 앞에서 백성들은 땅에 쓰러져 뒹굴면서 통곡했다. 왕의 말고삐를 잡은 자도 달아났다. 달아난 자를 불렀으나 오지 않았다. 왕은 친히 고삐를 잡고 말을 몰아서 쓰러져 울며 뒹구는 백성들 틈새를 밟고 남한산성에 도착했다.

다시 산성을 버리고 투항의 길로 나설 때, 왕의 대열은 입성할 때보다는 길었고 매달려 울부짖는 백성들도 없었다. 왕의 뒤를 길게 따르는 문무백관과 시녀 들이 통곡하면서 눈 쌓인 산길을 걸어 내려갔다.

왕은 곤룡포를 벗고 청나라 군대의 군복으로 갈아입었다. 그것이 청태종이 요구한 투항의 패션이었다. 비단으로 만든 푸른색 군복이었다. 전날 밤 청군의 부장 용골대가 서문 앞에 나타나 성안으로 군복을 들여보냈다. 왕과 세자는 말에 올랐다. 청군이 보낸 말이었다. 청

군 500명과 성안에 남아 있던 조선 군사 500명이 왕의 대열을 호종했
다. 왕의 대열은 서문 밖을 빠져나와 지금의 송파구 장지동, 문정동,
삼전동을 지나서 잠실대교 쪽으로 향했다. 청군은 삼전나루터에 수
항단受降壇, 항복을 받아들이는 제단을 쌓아놓았다. 수항단은 3층이었다. 청
태종은 맨 윗단에 앉아서 기다리고 있었다. 수항단 아래쪽 빈터에 수
달피로 만든 차일을 쳤고, 흰 양가죽을 바닥에 깔았다. 청군이 붙잡
아온 조선 여자 수백 명이 차일 밖에 두 줄로 도열했다. 모두들 길게
딴 머리에 비녀를 꽂은 미녀들이었다. 조선 여자들이 풍악을 울리고
춤을 추고 노래를 불렀다. 청태종은 수항단 위에, 주황색 칠을 한 의
자를 내놓고 앉았다.

조선 왕은 두번째 계단까지 올라가 무릎을 꿇었고, 세자는 첫번째
계단에서 무릎을 꿇었다. 조선의 군신들은 마당에 무릎을 꿇었다. 왕
은 청태종에게 술을 따라 올리고 절했다. 세자와 군신들도 따라서 절
했다. 왕이 절할 때 풍악 소리가 높아졌고, 조선 여자들이 소매깃을
휘날리며 춤을 추었다. 청태종은 조선 왕에게 백마 한 마리와 옷 한
벌을 상으로 주었다.

항복의 예절은 끝났다. 명나라와의 국교를 단절하고 청을 종주국으
로 모실 것, 명의 연호를 버리고 청의 연호를 사용할 것, 조선 국왕의
장자와 차자를 볼모로 청에 보낼 것, 청 황실의 모든 경조사와 명절에
사신을 보내서 복종의 예를 표하되 그 품격은 명나라에 준할 것……
등. 11개의 항복 조건을 받아들이면서 조선은 청의 신하가 되었다. 그

날, 임금은 버리고 떠난 한양의 대궐로 돌아갈 수 있었고 청태종은 군사를 거두어 돌아갔다.

남한산성 서문 밑은 가파르다. 1637년 정월에는 눈이 많이 내렸고 쌓인 눈이 얼어붙었다. 왕과 세자를 태운 말이 어떻게 그 가파른 얼음 길을 내려갔는지, 오랜 세월이 지난 뒤 자전거를 타고 서문에 당도한 후인은 의아하게 생각한다. 말은 수없이 앞으로 고꾸라졌고, 말 위에 탄 왕과 세자의 몸도 쏟아질 듯이 앞으로 기울었을 것이다. 아마도 왕과 세자는 수없이 말에서 내려 뒤따르는 가마로 바꾸어 타고 그 빙판 길을 내려갔을 것이다. 다시 대궐로 돌아가서 나라의 중심에 서기 위해서 임금은 삼전도 수항단을 거쳐야만 했다. 수항단을 거치지 않고서는 대궐로 가는 길은 없었다. 건너뛰어서 가는 길이 이 세상의 길바닥 위에는 없는 것이다. 인조는 그 건너뛸 수 없는 길을, 적의 말을 타고 적의 군복을 입고, 인질로 보낼 세자와 중신들을 앞세우고 한 걸음씩 걸어서 갔다.

왕이 투항의 여장을 꾸릴 때, 왕을 호종하던 이조참판 정온鄭蘊이 칼로 심장을 찔러 자결하려 했으나 이루지 못했다. 예조판서 김상헌金尙憲, 금부도사 권순장權順長도 스스로 목매달았으나 죽지는 못했다.

정온이 마지막 상소를 올렸다. 정온의 마지막 상소는 인의예지의 힘으로 이 절망을 돌파할 수 있다는 것이었다. 그 내용을 요약하면 매우 단순하다. ……명과 조선은 부자지간의 나라다. 자식이 아비를 바꿀 수 없고, 자식은 아비를 공격할 수 없다. 명에서 받은 국보를 지킬 수 없다면 명에게 돌려주어야 한다. 청에게 주어서는 안 된다. 청이 조선으로 하여금 명을 치라고 압박하는 것은 자식으로 하여금 아비를 치라는 것이다. 이것은 청의 명백한 잘못이다. 그러니 청이 아무리 간 악하고 무도한 오랑캐라 하더라도 인간인지라 그 잘못을 모르지 않을 것이다. 이것으로써 청을 설득할 수 있다……

청태종의 호칭은 관온인성寬溫仁聖 황제였다. 너그럽고, 따뜻하고, 어질고, 거룩한 황제라는 뜻이다. 항복하기 전날 밤, 양쪽 사신들끼 리 만나서 항복의 절차와 의전을 논의했다. 고대 중국의 법도에 왕이 항복할 때는 두 팔을 뒤로 묶고 입에는 구슬을 물어야 하고 수레에 상 여를 싣고 와야 하는데 관온인성 황제의 너그러움으로 이같은 절차 는 면해줄 터이니 청나라 군복을 입고 서쪽 문으로 나오라고 청의 사 신은 전했다. 그것이 관온인성 황제였다. 인조는 그렇게 해서 서문으 로 나갔다. 죽지 못한 정온은 임금이 떠난 남한산성을 걸어서 내려왔 다. 그때 정온은 68세의 노인이었다. 정온은 덕유산으로 깊숙이 들어 갔다. 거기서 정온은 산비탈에 조를 심어서 스스로 먹었다. 정온은 한 번도 세상으로 내려오지 않았다. 정온은 덕유산 속에서 4년을 더 살 았다. 정온은 72세에 죽었다.

도성을 적에게 내주고 산성으로 들어가 문을 닫아걸고 버티는 싸움 의 방식은 약소국의 마지막 선택이었을 것이다. 그 농성은 전투도 아 니고 협상도 아니고 투항도 아닌 것처럼 보인다. 그 싸움은 버티기였 다. 대책 없는 견딤이었다. 47일의 농성기간중에 조선 군사들은 암문을 통해 성을 몰래 빠져나와 성벽 밖을 염탐하던 청병 5~6명을 잡아 죽였다. 그것이 전투의 전부였다.

산성에 갇힌 47일 동안 조선 조정의 싸움은 거의 대부분이 언어를 통해 이루어졌다. 임금은 삼남三南에 친서를 보내 근왕병이 달려오기를 재촉했고, 청군 진영으로 사신과 서찰을 보내 물러가주기를 간청했고, 명나라로 국서를 보내 원병을 호소했다. 모든 언어행위는 무위로 돌아갔다. 지방의병과 관군 들은 남한산성에 도착하기 전에 적을 맞아 궤멸되었다. 청의 압박으로 궁지에 몰린 명은 조선에 원군을 보낼 수 없었고, 청군 진영으로 들어갔던 사신들은 "살고 싶으면 투항하라"는 청태종의 협박을 왕에게 전할 뿐이었다.

가장 치열하고 참혹한 언어의 전쟁은 주전파主戰派와 주화파主和派 간의 논쟁이었다. 그것이 농성 47일 동안에 남한산성에서 벌어졌던 싸움의 핵심부였다. 성 밖은 기마부대와 포병부대를 선봉으로 삼는 20만의 적병이 포위하고 있었다. 주전파의 말은 실천 불가능한 정의였으며, 주화파의 말은 실천 가능한 치욕이었다. 그들의 목표가 아주 어긋난 것은 아니었다. 그들은 적어도 사직과 백성과 국토의 보존이라는 동일한 목표를 가지고 있었다. 그러나 그 목표를 향해 선택해야 하는 길은 정반대로 갈라졌다. 그들은 포위된 성안에서 47일간 말로 싸웠다. 그 말싸움 속에서 삶이 내포하는 치욕, 삶이 요구하는 치욕과 삶이 단념할 수 없는 것과 삶이 단념할 수밖에 없는 것들은 확연히 드러났다.

서문으로 가는 성벽 밑은 가팔라서
투항하던 겨울날 산을 내려가는 임금의 행차는 더디었다.
성벽이 가파르면 총안의 경사 각도도 가팔라진다.

너희가 살고 싶으면 성문을 열고 나와 투항해서 황제의 명을 받으라. 너희가 죽고 싶거든 성문을 열고 나와 결전을 벌여 황천의 명을 받으라!

이것이 남한산성 안으로 들여보낸 청나라 군대의 투항권유서였다. 이 문서는 그 삼엄하고 정연한 현실주의적 어법으로 읽는 사람을 전율케 한다. 죽을 길과 살길은 모두 성문 밖에 있다! 살길은 황제의 명을 받는 것이고 죽을 길은 황천의 명을 받는 것이다! 성안에는 죽을 길도 없고 살길도 없다! 성안에서 죽을 길과 살길은 포개져 있어서 삶을 향해 나아가려는 정당한 자존의 길이 곧 죽음으로 가는 길이다! 주전파는 황제의 명을 받을 수 없었고 주화파는 황천의 명을 받을 수 없었다. 그 반대일 수도 있다. 주전파도 황천의 명을 받을 수는 없었고 주화파도 황제의 명을 받을 수는 없었다. 황제와 황천 사이에서 남한산성 안 지식인들은 참혹하게도 갈팡질팡했다. 주전파의 언설이나 주화파의 언설은 모두 가야 할 길을 확실히 제시하고 있었지만, 그 어느 길도 차마 갈 수 없는 길이었다. 남한산성 안에서 충忠과 역逆은 쉽게 구별되지 않았다. 충은 역처럼 보였고, 역은 충처럼 보였다. 충은 죽음이었고, 역은 삶인 것 같았지만 그 반대인 것도 같았다. 그래서 어떠한 말도 다 말이었으되 어떠한 말도 온전한 말이 아니었으나 양쪽 모두의 수사학은 비통하고도 절박했다.

한 모퉁이 외로운 성에 화친의 길은 끊어졌는데, 성안에는 기댈 만한 세력이 없고 밖으로는 개미새끼 한 마리의 후원도 없다.

_인조의 한탄

차라리 만고의 역적이 되더라도 사직을 망하는 자리에 둘 수 없다.

_주화파 최명길崔鳴吉

신들이 화친을 배척하였으니 이제 적의 진으로 가서 죽고자 하옵니다.

_주전파 정온鄭蘊

왜 화친을 배척한 자들을 성 밖으로 내보내지 않으십니까? 그들이 화친을 배척하니 반드시 용력이 있을 것입니다. 왜 그들을 장수로 삼아서 싸우지 않으십니까?

_행궁 앞에 모인 장병들의 아우성

적들이 북쪽으로 가자 하면 전하께서 북으로 가시겠습니까? 옷을 바꾸어 입고 술을 따르라면 따르겠습니까? 따르지 않으면 죄를 물을 것이요, 따르면 나라는 이미 망한 것이니 전하께서는 어찌 하시겠습니까?

_정온의 상소문

임금의 욕됨이 이에 달했는데, 신하의 죽음은 어찌 이리 더딘가.

_주전파 김상헌金尙憲의 시

남문은 정문임으로 죄인은 드나들 수 없다. 너희 임금은 마땅히
서문으로 나오라.

_청군 장수 용골대의 통고

그대가 이미 죽은 몸이 되었는데 짐이 다시 살려주었고, 그대의
망해가는 종사를 일으켜주었으니, 그대는 마땅히 나라를 다시 세
울 것을 생각하여 후일에도 자자손손 신의를 지켜야 나라가 편안
할 것이다.

_인조 투항 후 청태종이 내린 조서

남한산성에서 단말마의 장관을 이루며 들끓고 부딪치던 언어들의
풍경은 대체로 이와 같았다. 임금이 남한산성 서문을 나가기 전날 밤
에 끝끝내 투항에 반대했던 교리 오달제吳達濟, 교리 윤집尹集 두 신하는
포승에 묶여 적에게 압송되었다. 그것이 적들이 요구한 투항의 조건이
었다. 그리고 결사항전을 주장했던 평양 서윤 홍익한洪翼漢은 평양에서
철수하는 적에게 체포되었다. 끌려간 조선 선비 3명은 심양성 서문 밖
에서 청태종의 직접심문을 받은 후 처형되었다. 그들은 대의大義의 길
을 끝까지 걸어갔다. 그들은 투항과 저항을 종합하는 방식으로 스스

로의 운명을 완성했다. 홍익한은 처형 직전에까지 붓을 들어서 청의 만행을 규탄하면서 죽었다.

조선 신하 홍익한은 글을 써서 말하겠다. (……) 세상에는 두 아버지를 모신 아들이란 없는 것이다. (……) 내 스스로 죄를 따져볼 때 죽어 마땅하니 만 번을 처단당하더라도 기꺼이 받을 것이다. 이밖에 더는 할 말이 없다. 오직 빨리 죽기를 바란다.

그들은 스스로 적에게 나아가 압송됨으로써 투항하는 임금의 앞길을 평탄케 했고, 심양에서 처형당함으로써 멸망할 수 없는 조선의 정통성을 복원했다. 그들은 투항함으로써 저항을 완성한 것인데, 아마도 죽음만이 그 모순된 양극을 통합할 수 있었을 것이고 조선은 그 신하들의 죽음을 딛고 다시 왕도의 삶을 회복할 수 있었다. 나는 투항으로써 나라를 지켜낸 인조의 치욕을 긍정한다. 나는 투항하는 임금의 뒤를 따라 눈 쌓인 산길을 걸어 내려가던 시녀들의 통곡을 긍정한다. 삶이 불가능할 때, 영광보다도 치욕을 내포하는 삶이 더 소중하다고 남한산성은 가르쳐준다. 치욕은 삶의 일부라고 남한산성은 가르쳐준다. 삶이든, 역사든, 오로지 온전할 수는 없는 것이라고 남한산성은 가르쳐준다.

현절사顯節祠는 심양성 서문 밖에서 처형당한 조선 신하 3명과 김상헌, 정온 등 다섯 선비의 혼백을 모신 사당이다. 현절사는 남한산성

옥정사 터 남쪽의 양지쪽이다. 여기서는 전망이 좋아서 성안이 두루 내려다보인다. 거기서 남한산성 서문은 아주 가깝다. 서문과 현절사가 모두 남아 있어서 남한산성은 완성되는 것이다.

성안의 번창한 도시

남한산성은 인조 2년[1624]부터 인조 4년[1626]에 걸쳐 축성되었다. 성벽의 둘레는 6,297보이고 여장이 1,897개소, 옹성 3개, 대문 4개, 암문 16개, 포대 125개를 갖춘 거대한 성이다. 왕이 거처하는 행궁과 그 부속시설도 세워졌다. 성안에 9개의 사찰이 들어서서 성을 관리하고 수비하는 승군들이 머물렀다.

성이 완성되자 조정은 경기도 광주목의 행정관서를 산성 안으로 옮겼고, 많은 주민들이 성안으로 이주해 들어와 남한산성은 군사요새일 뿐 아니라 산속에 건설된 계획도시로서 크게 번성했다. 산성 안에는 국방과 치안, 산업, 행정, 무기 제작, 교역, 신앙, 군사 훈련을 위한 모든 시설이 갖추어져 있었다. 산성은 왕의 행궁에서부터 민초들의 농경지와 가옥까지를 품고 있는 자족한 도시였다. 지금은 분지 안이 관광지로 개발되고 수많은 접객업소들이 들어서 있지만, 눈 밝은 사람은 그 어수선한 풍경 틈새에 아직도 남아 있는 옛 자취들을 충분히 살필 수 있다.

여장은 성벽 위에 설치하는 담장으로 적의 화살이나 총알로부터 몸을 보호하는 엄폐물이다. 우리말로는 살받이 터이다. 남한산성의 여장에는 3개씩의 총안銃眼이 뚫려 있다. 총안은 적을 쏘는 화살구멍이다. 총안의 바닥은 성벽 바깥쪽으로 경사가 져 있어 넓은 시야를 확보하면서 위에서 아래로 내리쏘기 편하게 되어 있다. 성벽에 바싹 접근한 적을 쏠 때는 근총안에서 쏜다. 근총안의 바닥 경사는 38도 정도로 가파르다. 가까운 적을 머리 위에서 쏘는 총구멍이다. 성벽에서 멀리 떨어진 적을 쏠 때는 원총안에서 쏜다. 원총안의 바닥 경사는 22도 정도로 완만하다. 먼 적을 긴 사정거리로 겨누는 총구멍이다. 성벽 밑이 가파를수록 총안 바닥의 경사 각도도 가팔라진다. 아래쪽 비탈을 기어올라오는 적의 보병을 쏘려면 총안의 바닥은 급경사를 이루어야 한다.

성벽을 따라가면 5개의 지휘소가 있다. 전투가 벌어지면 장수는 지휘소에 위치한다. 성안의 지휘소를 장대將臺라고 한다. 지휘소는 성안에서 가장 높고 시야가 넓어서 관측과 지휘에 편리한 자리다. 지휘소는 성벽을 각 방면 별로 나누어 장악했다. 지금은 서장대만이 남아 있다. 서장대에는 수어장대守御將臺라는 현판이 걸려 있다. 수어장대는 산성 안에 남아 있는 옛 건물들 중에서 가장 온전하고 우람하다. 병자호란 때 인조는 행궁에서 이 수어장대로 올라와 전투를 직접 지휘하기도 했다.

행궁은 지금 복원중이다. 인조시대의 행궁은 상궐, 하궐로 구분되었고, 상궐의 좌우편에 종묘와 사직에 해당하는 좌전과 우실이 있었다. 행궁은 대문이 3개이고, 그 내부는 3개 구역으로 분할되는, 삼문

삼조三門三朝의 구도를 갖추었다. 행궁은 한양도성의 대궐보다 규모는 작지만 공간 분할의 원칙은 대궐과 동등한 품격을 갖추었다. 병자호란 때 인조는 이 행궁 마당에서 한양도성을 향해 망궐제를 지냈다. 산성 인근 고지에서 쏘아대는 청군의 포탄이 행궁 마당에 떨어졌다. 망궐제를 지낼 때 진눈깨비가 쏟아져 병사들이 젖고 얼었다. 임금은 땅에 엎드려 울면서 눈비가 그치기를 하늘에 빌었다. 군신들이 임금의 옷자락을 끌어 일으켜도 임금은 듣지 않았다. 눈물이 흘러내려 턱수염에 맺혔다. 발굴이 진행중인 행궁 터에서는 통일신라와 고려 시대의 기와 조각과 철제유물이 출토되고 있어 이 자리가 오래된 천험의 요새임을 알게 해준다.

남한산성 안 포도청 자리는 지금의 성안 로터리 주차장 옆이다. 산성 안의 촌로들은 이 자리를 지금도 '포청골'이라고 부른다. 일제 치하에는 이 자리에 일본순사 주재소인 지서가 들어서 있었다. 지금은 이 자리에 성남경찰서 중부파출소가 들어서 있다. 그래서 중부파출소는 우리나라의 모든 경찰관서들 중에서 가장 오래된 연원을 갖는 파출소이다.

산성 도시의 중심지는 지금 '자연보호헌장비'가 들어선 로터리이다. 이 로터리는 조선시대에도 동서남북에서 접근하는 도로들이 교차하던 로터리였다. 지금 남한산성 안의 도로는 대체로 옛 도로와 노선은 같은데 노폭은 넓어져 있다. 동문, 서문, 남문, 북문에서 성안으로 뻗어오는 도로가 간선이었고, 성벽을 따라서 산등성이를 돌아가는 순환도로가 있었다. 이 로터리에 조선시대에는 종각이 들어서 있었고 종을 때려서 시각을 알렸다. 이 거리는 남한산성 안의 '종로 거리'다. 종로는 서울, 수원, 대구, 전주, 개성, 평양 중심가의 공통된 이름이다. 계룡산 신도안조선의 초기 도읍지 공사장에도 종로가 있고, 남한산성 안에도 종로가 있다.

군뢰청軍牢廳은 감옥인데 지금의 중부파출소 옆 자리다. 병자호란 때 성안에 땔나무가 없어서 이 감옥을 헐어서 화목으로 썼다고 한다.

개원사는 병자호란 때 승군을 지휘하던 사령부. 산성을 쌓을 때 8도의 승군들을 동원했는데 그때 승군들은 이 절에서 묵었다. 개원사는 일제 때 폭파되었고, 1976년에 중창되었다.

남한산성 안에는 그밖에도 옛 도살장 터, 시장 터, 사형장, 소금창고, 숯창고, 마구간, 대장간, 활터, 물레방아 터, 서낭당, 굿당의 터전과 흔적들이 남아 있다. 남한산성은 번창한 산간도시였다. 치욕과 고난의 옛 성벽 안에서 음식점들이 성업중이다.

전쟁기념비의 들판을 건너가는 경의선 도로

파주에서

경의선 도로를 잇는 공사가 진행중인 파주 들에는 전쟁의 원한을 잊지 못해하는 온갖 조형물들이 들어서 있다. 여러 나라 군대들의 참전기념비, 전사자추모비, 무장공비섬멸기념비, 땅굴발견기념물, 망향비, 전적비, 위령비 들이다. 길은 그 사이로 이어지고 있다. 오래전에 철수한 주한 미군의 흔적들도 일상의 공간 속에 널려 있다.

파주시 파평면 장파리에는 1970년에 미군이 지어준 '재건학교' 건물 3칸이 남아 있다. "미 육군 중령 미카엘 호란이 지휘하는 미 육군 보병 제2사단 23연대 1대대 장병들이 지어준 학교"라는 영문 표시가 선명하다. 미군 23연대는 임진강 건너편에 주둔했다. 주말이면 미군들은 '리비교'라는 다리를 건너 마을로 넘어와서 놀다 갔다.

마을에는 미군 전용 술집 4개소가 있었다. 블루문홀, 럭키바, 라스

1970년대 미군들이 지어준 재건학교
파주 들에는 전쟁의 상흔이 곳곳에 남아 있고
임진강에 놓인 다리들의 이름도 전쟁과 군사작전을 연상케 한다.
이 상흔의 들을 가로지르며 경의선 도로가 이어지고 있다.

트찬스, DMZ홀이었다. 라스트찬스는 민통선 초입인 리비교 남단인데 귀대하는 미군들이 마지막으로 놀다 가는 업소였고, DMZ홀은 흑인병사들만 따로 노는 곳이었다. 흑인병사와 백인병사 사이에는 싸움이 잦았다. 헌병들이 늘 마을을 순찰했다.

미군을 상대로 몸을 팔던 여자들의 홀하우스는 '불야성'이라는 간판을 걸었는데 지금은 비어 있다. 마을 노인회장 곽상국씨(73)에 따르면 1970년대 초까지 이 마을에는 양색시 700여 명이 들끓었고 전국에서 청소년이 몰려들어 미군을 상대로 하우스보이, 펨프, 구두닦이, 심부름꾼, 빨래, 행상을 해서 벌어먹었다. 블루문홀은 지금은 개인 주택이 되었고, 럭키바에는 전기제품공장이 들어섰고, DMZ홀은 싱크대공장이 되었는데 건물은 모두 그대로 남아 있다.

재건학교는 이 기지촌마을로 몰려든 청소년들을 위해 마을 주민들이 부지를 마련하고 미군들이 건축자재를 제공해서 지은 학교다. 교실 3칸에 학생 60여 명의 야학이었다. 서울에서 대학생들이 와서 국어와 국사를 가르쳤고 명절 때 미군들이 와서 학용품과 초콜릿을 나누어주었다. 이 재건학교 건너편의 장파초등학교 건물도 그 무렵에는 미군이 지어준 퀸세트였다. 23연대는 1973년에 철수했고, 마을의 경기는 급속히 침체되었다. 청소년들은 흩어져서 돌아갔고, 재건학교는 문을 닫았다. 이 건물은 지금 농업용 창고로 쓰이고 있다.

외지인들이 빠져나간 마을에는 지금 농토를 가진 주민들이 남아서 봄 농사를 시작했다. 미군들이 건너오던 리비교를 농민들이 거꾸로

장파리의 농부 김경래씨(74·오른쪽)와 아들 김동욱씨(48)
김씨 일가의 고향은 임진강 건너 쪽 장단군 군내면이다.
전쟁 때 강 건너 쪽으로 피난왔다.
김씨 일가는 경운기를 몰고 민통선 안으로 들어가서 떠나온 고향의 논에 벼를 심고 거둔다.

건너간다. 경운기에 모판을 싣고 임진강을 건너가서 민통선 안쪽 들에 벼를 심는다. 전쟁 때, 임진강 너머 마을에서 강 하나를 건너서 피난온 농민들도 있다. 지금 그들의 고향은 민통선 안이다. 봄에, 그 농민들은 강을 건너가 고향의 들에 벼를 심는다.

인라인스케이트를 타는 마을 아이들이 재건학교 앞길에서 놀고 있다. 아침이면 아이들은 이 재건학교 앞길을 지나서 길 건너편 초등학교에 간다. 파주 들에서는 끊어진 경의선 도로를 잇는 일의 어려움을 알 만하다. 경의선 도로는 전쟁의 찌꺼기가 널린 들을 건너간다. 전쟁의 자취들은 일상 속에 널려 있고 봄은 임진강의 이쪽과 저쪽에 가득하다. 개성으로 가는 4차선 도로가 이 들을 지나고 있다. 여기가 통일의 길목이다.

이념의 세월처럼 박제된 9살 영웅

자전거로 지방도로를 달릴 때, 초등학교 운동장은 좋은 휴식처가 된다. 햇빛 속에서 아이들이 공을 차고 동네 개들과 뒤엉켜 논다. 운동장에는 한가운데 연단이 있고 그 옆으로 인물상이 늘어서 있다. 반공소년 이승복, 세종대왕, 이순신 장군, 신사임당, 책 읽는 소녀상 같은 것들이다.

구릿빛 색깔을 칠해서 동상처럼 보이지만 칠이 벗겨진 부분에는 시멘트가 드러나 있다. 1970년 이후로 반공소년 이승복(1959~1968)은 남한 땅에서 가장 많이 세워진 인물상일 것이다. 전국 초등학교와 분교 마당에 '나는 공산당이 싫어요!'라는 절규가 새겨진 이 소년상이 들어섰다.

지금은 이 소년상을 없앤 학교도 더러 있지만 폐교된 초등학교 마당에도 반공소년 이승복은 잡초더미 속에 혼자 서 있다. 이승복은 앞섶에 단추 다섯 개 달린 학생복을 입고 있다. 오른손을 치켜올렸고, 왼손에는 책 몇 권을 보자기에 싸서 들고 있다. 시멘트로는 조형물에 심층이나 음영을 표현할 수가 없다. 그래서 이승복의 표정은 발생과정의 태아처럼 모호하고 멀어 보인다.

승복이는 9살 때 죽었다. 강원도 평창군 진부면 산골마을의 분교 1학년짜리를 무장공비가 죽였다. 그 아이의 일가족을 모두 죽였다. 지금 살았으면 승복이는 45살이다. 그해에 승복이와 함께 국민학교에 입학했던 아이들도 승복이 인물상이 세워진 학교 마당에서 자라나 이제는 승복이보다 더 큰 자식들이 있다.

승복이는 사후에 반공의 어린 영웅으로 추앙되었다. 그 아이의 생가를 복원하고 기념관을 지어 초등학생들을 관람시켰다. 그 아이의 짧은 일대기가 교과서에 실렸고 영동고속도로 대관령 휴게소에 동상을 세웠다. 이 동상이 지금 전국 초등학교 마당에 세워진 이승복상의 원형이다.

34년째 초등학교 교사로 일해온 시인 김용택씨^{전북 임실군 덕치초교}는 "그때 이승복상을 건립하는 것이 의무사항은 아니었지만 안 만들 수도 없는 분위기였다. 자발적으로 만든 것인지 강제로 만든 것인지 구분할

초등학교 교정의 이승복상

이제, 아이들은 반공소년 이승복이 누구인지 모른다.
1970년대 이후로 이승복상은 전국에서 가장 많이 세워진 인물상이었는데,
30년의 세월 속에서 박제되어 있다.

수도 없다. 업자들이 시멘트로 이승복상을 만들어서 학교에 공급했다. 이승복 추모제, 장학사업, 영화제작, 이승복 기념 웅변 대회, 이승복을 생각하는 글짓기 대회, 달리기 대회도 있었다"라고 말했다. 김영삼 정부 시절에 이승복은 교과서에서 빠졌고, 이승복 관련 기념행사도 대부분 폐지되었으나, 인물상은 여전히 여러 학교의 마당에 남아 있다.

무장공비들이 부모를 죽일 때 9살 난 아이의 마음은 어떠했을까? 이 아이가 죽임을 당할 때 발성기관을 작동시켜서 "나는 공산당이 싫어요!"라는 이 9개 음절을 발음했던 것이냐, 아니냐를 놓고 조선일보와 언론개혁시민연대 사이에 벌어진 소송은 시민연대의 패소로 1심이 끝나고 2심은 더디게 진행중이다.

내 짐작에 그 아이는 부모를 죽이는 자들이 싫었을 것이다. 이것은 입증할 필요 없이 자명해 보인다. 그 아이가 죽기 직전에 그 음절 9개를 발음했다면 그 아이가 외치려 했던 속내는 아마도 "나는 폭력이 싫어요!"였을 것이다. 그러나 그 아이가 발음했다는 그 9개 음절에서 '공산당'이 빠져 있었다면 그 아이는 반공의 영웅이 될 수 없었을 것이다. 1심 법원은 "더이상 따질 수 없는 문제"라고 판결했다.

'따질 수 없는' 30년의 세월 속에서 이승복은 우상화되었고, 이제 형해화되어가고 있다. 이승복은 이 나라의 가장 가엾고 참혹한 소년의 모습으로 그의 사후에 전개된 이념의 세월처럼 9살에서 성장이 멈춘 어린 소년의 박제된 모습으로 초등학교 마당에 서 있다. 김용택씨는 "수업시간에 더이상 이승복을 가르치지 않는다. 아이들은 그 인물상의 주인공이 누구인지 모른다"라고 말했다.

　임진강 남쪽, 민통선이 가까운 옛 기지촌마을의 한 초등학교에도 이승복상이 남아 있었다. 몇몇 아이들에게 "저게 누구냐?"라고 물어보았다. 모두들 "모른다"라고 대답했다. 아이들은 이승복상에 기어올라가 목을 끌어안고 시멘트 입술에 입을 맞추고 포즈를 흉내내며 놀았다. 그 아이들은 제 또래의 인간 존재에게 본능적인 우정과 친밀감을 표시하고 있었다.

충무공, 그 한없는 단순성과
순결한 칼에 대하여
진도대교

　자전거는 해남 우수영에서 출발해서 진도대교를 넘는다. 진도는 올망졸망한 작은 산을 수없이 품고 있다. 그 산들의 능선을 자전거로 오르고 내릴 때 산하는 음악으로 변한다. 나는 아직도 그 음악을 해독하지 못한다.

　진도대교 밑에서 바다는 겨울 들판을 건너가는 눈보라 소리를 낸다. 흰 갈기를 휘날리는 물살은 출정하는 군마群馬처럼 우우 함성을 지르며 명량鳴梁해협을 빠져나가 목포 쪽으로 달려간다.

　이 해협의 폭은 가장 좁은 거리가 293미터이고 최고 유속은 10노트이다. 여기가 한반도 전 해역에서 가장 사나운 물길이다. 이 물길은 하루에 네 번 역류한다. 해남반도에서 목포 쪽으로 달려가던 북서해류는 돌연 거꾸로 방향을 바꾸어 남동쪽으로 달리기 시작하는데, 명량해협은 하루에 네 차례 이 엎치락뒤치락을 거듭한다. 물길이 거꾸로 돌아서는 사이마다 바다는 문득 잔물결 한 점 없이 거울처럼 고요해지고, 질풍노도를 예비하는 이 적막의 순간에 바다는 더욱 무섭다.

무인의 길

18번 지방도로는 진도대교로 명량해협을 건너간다. 이순신의 전라우수영과 벽파진의 이순신 전적비가 해협을 사이에 두고 마주 보고 있다. 18번 도로는 삼별초의 용장산성을 지나서 남도석성에 닿는다. 삼별초 대장 배중손裵仲孫은 이 남도석성에서 전사했고, 몽고대장 홍다구의 칼에 맞아 죽은 삼별초 임금 왕온王溫은 이 도로변 야산의 무연고 분묘들 틈에 묻혀 있다. 진도는 노래와 그림의 섬일 뿐 아니라 무인들의 삶과 죽음이 명멸한 섬이다.

충남 아산 현충사에 보관된 이순신의 칼에는 "한 번 휘둘러 쓸어버리니, 피가 산하를 물들이는구나一揮掃蕩 血染山河"라는 검명이 새겨져 있다. '물들일 염染' 자의 공업적 이미지는 이순신의 무인다운 내면의 한 본질이라고 할 만하다. '펜은 칼보다 강하다'는 말은 펜을 쥔 자들의 엄살이거나 자기기만이기가 십상이다. 그 말은 정치적이다. 칼을 쥔 자들은 '칼이 펜보다 강하다'라고 말하지 않는다. 문文은 세계를 개조하는 수단으로써의 무武를 동경한다고 말하는 편이 오히려 정직하다.

이순신의 칼은 인문주의로 치장되기를 원치 않는 칼이었고, 정치적 대안을 설정하지 않는 칼이었다. 그의 칼은 다만 조국의 남쪽 바다를 적의 피로 '물들이기' 위한 칼이었다. 그의 칼은 칼로서 순결하고, 이 한없는 단순성이야말로 그의 칼의 무서움이고 그의 생애의 비극이었다. 그리고 이 삼엄한 단순성에는 굴욕을 수용하지 못하는 인간의 자멸적 정서가 깔려 있다. 그는 당대 현실 속에서 정치적 여백이 없었다. 그가 남긴 시문 중의 한 절창은 이렇다.

가슴에 근심 가득 뒤채는 밤憂心輾轉夜
새벽달 창에 들어 칼을 비추네殘月照弓刀

'비출 조照' 자 속에서, 달과 칼 사이에서, 무수한 아수라를 돌파하는 자의 살기는 극도로 억눌려 있다. 이 내면의 억눌림이 그의 외로운 전쟁을 버티어준 마음의 힘이었다. 이순신의 글은 영웅다운 호탕함이나 과장이 없고 무협의 장쾌함이 없다. 그는 악전고투 끝에 겨우겨우 이긴다. 그는 영웅 된 자의 억눌림의 비극을 진술할 때는 단호하게도 말을 아끼고, 온갖 정한情恨에 몸을 떠는 한 필부의 내면을 진술할 때는 말을 덜 아낀다.

한바탕의 전투를 치르고 바다에서 돌아온 날 저녁마다, 또는 전 함대를 전투 배치한 출정의 새벽마다 몸에 병이 깊은 그는 요가 젖도록 식은땀을 흘리며 기진맥진하였다. 절망에 맞서는 그의 마음의 태도는 절망을 절망으로 긍정하고 거기에 일체의 정서를 개입시키지 않는 방식이다. 그때 그의 내면은 무섭게 억눌리고 그의 글은 칼의 삼엄함에 도달한다. 그는 많은 부하들을 베어 죽였다. 부하를 죽인 날 그의 일기들은 "아무개가 거듭 군령을 어기기로 베었다. 바다는 물결이 높았다"라는 식의 문체를 보인다.

백의종군을 시작하던 1597년 5월 16일의 일기는 "맑음, 오늘 옥문을 나왔다"로 시작된다. 그는 자신을 가두고 때리면서 사형의 빌미를 찾으려 했던 정치 권력의 정당성 여부와 그 원한에 관하여 끝끝내 일언반구도 말하지 않았다. 그는 조용히 남해안 일대를 돌면서 망가진 배 12척을 수습해서 명량해협의 우수영에 포진했다. 명량해전을 보름 앞둔 1597년 10월 12일 새벽에 경상수사 배설裴楔은 탈영해서 도주했다. 고급 지휘관의 적전 탈영은 절망적인 사태였다. 이날 삼도수군 통제사 이순신의 일기는 다만 한 줄이다. "맑음, 오늘 새벽에 배설이 도망갔다."

그의 일기에 나오는 '부안 사람'이라는 여자는 그의 첩이거나 애인이었던 모양이다. 이 여자는 이순신의 병영 가까운 곳에 거주했던 것 같다. 1594년 9월 15일의 일기는 "꿈에 부안 사람이 아들을 낳았다. 달 수를 따져보니 낳을 달이 아니었다. 그래서 내쫓아버렸다"라고 기록했다. 여자의 정절을 의심하지 않을 수 없는 악몽인데, 꿈속에서도 그의 마음은 여전히 가파르고 단호하다. 그는 절망을 부인하지 않고 절망을 중언부언하지도 않는다.

명량해협에서, 이순신의 싸움은 일인 대 만인의 싸움이었다. 정찰

진도대교의 겨울

진도대교 행거 아치 밑에서 울돌목의 물살은 거칠고 사납다.
현대식 기선들도 이 물살을 거슬러서는 나아가지 못한다.
이 물살이 이순신의 삶과 죽음이 교차하던 울돌목이다.

병들은 적선의 숫자를 보고하지 못했다. "헤아릴 수 없이 많은 적선들이 명량으로 몰려온다"라는 것이 제1보였다. 이 바다가 아군에게 유리하다고 적군에게 불리한 바다는 아니었다. 양쪽 지휘관 모두 이 바다의 생리를 잘 알고 있었다. 왜장 마다시의 작전 목표는 교전이 아니라, 이 해협을 통과해서 서해안으로 진공하는 것이었다. 그래서 그의 함대는 목포 쪽으로 흐르는 북서류에 올라타서 명량으로 들어왔다.

1597년 10월 26일 해남 앞바다는 상오 7시께 큰 사리의 만조를 이루었다. 마다시 함대는 이 만조의 앞자락을 타고 해남에서 발진했다. 마다시 함대는 오전 11시께 명량으로 진입했는데, 이때 해협은 최강 유속을 이루었다. 우수영에서 발진한 이순신 함대 13척은 적의 진로를 정면으로 막아섰다. 이 좁은 해협에서는 피아간에 우회로가 없다. 물살은 이순신에게는 역류였고, 마다시에게는 순류였다.

이순신의 적은 우선 일본 군대가 아니라 겁에 질려 도망가는 자신의 부하들이었다. 그는 절망을 절망으로 긍정하는 죽음의 힘으로 이 아수라를 돌파한다. 그는 죽음 앞에서 대안을 설정하지 않았다. 그는 달아나는 부하들은 붙잡아놓고 그 대안 없음을 가르쳤다. 이 아수라 속에서 살길은 애초부터 없는 것이다. 싸우다 죽든지, 달아나다 죽든지, 군율에 죽든지 죽음의 방식만이 선택의 길이다. 명량은 적에게나 아군에게나 사지死地이다.

해협의 물살이 바뀔 때 이순신은 공세로 전환한다. 명량 바다로 나가는 그의 마음은 칼에 시 한 줄을 새기는 그 단순성이다. 그리고 삶을 수식하지 않는 그 삼엄함이다. 대안 없는 운명 속에 대안은 있었다. 진도대교 밑에서 삶과 죽음은 대척점에서 서로 겨누며 한 방향으로 흘러가고 있었다. 바다는 수억 년을 이쪽저쪽으로 뒤채고 있다.

이순신의 탈정치성

옥포만玉浦灣은 거제도의 동쪽 포구다. 바다가 자루처럼 오목하게 섬의 안쪽을 파고들어, 외해로 드나드는 수로의 폭은 1.6킬로미터에 불과하다. 가파른 해안 단애가 만의 안쪽을 뺑 둘러서 막아섰으니 일찍부터 사람 사는 마을들은 절벽이 물러서는 물가를 골라서 들어섰다. 해안 단애가 물 밑으로 뻗어내려가 바다의 수심은 벼랑처럼 갑자기 깊어지고 원양을 흔드는 파도는 여기까지 밀려들지 못해 이 깊은 물은 늘 고요하다. 만은 퇴로가 없이 오목한 형국인데, 이 갇힌 바다에서 해전이 벌어지면, 만 안쪽 해안에 포진한 수세守勢의 함대는 전투 대열이 허물어질 때 물러설 자리가 없고, 좁은 수로를 넘어들어온 공세攻勢의 함대는 뒤쪽의 수로 입구를 역봉쇄당하면 물러서지 못한다. 쳐들어가기는 쉬워도 빠져나오기는 어려운 이 바다는 병서에서 말하는 '괘'의 형국인데, 이런 형국을 향해 공세를 몰아가려면 아군을 우회해서 후방을 봉쇄하려는 적의 진로를 차단하고 신속히 작전을 끝낸 후 뒤로 방향을 돌려 수로 입구를 재빨리 빠져나와야 할 터이다.

옥포해전은 임진왜란 개전 초기에 벌어진 조·일 해군의 첫번째 교전이었다. 전라 좌수영 전함 24척은 1592년 5월 4일음력 오전 2시, 모항인 여수항에서 발진했다. 전투 보조 목적으로 징발한 어선 46척이 뒤를 따랐다. 이순신의 함대는 동진했다. 5월 7일 정오께 옥포만 안쪽으로 정찰을 나갔던 조선 척후병들이 정박중인 적의 함대를 발견했다. 척후병들은 조선 함대 쪽을 향해 '적 발견'을 알리는 신호 화살을 쏘아올렸다. 옥포만 어귀에 머무르던 조선 함대는 즉각 옥포선창을 향해 만 안쪽으로 달려들었다. 적이 가까워지자 이순신은 아직 실전 경험이 없는 장졸들을 향해 이렇게 외쳤다. "경거망동하지 말라. 너희는 태산과 같이 진중하라!"

우리는 퇴계退溪, 1501~1570의 삶의 미세한 무늬들과 마음의 결을 알 수 있듯이, 그렇게 이순신의 마음을 헤아릴 수는 없다. 퇴계에게는 일상의 삶을 가까운 거리에서 함께하고 거기에 인문적 해석을 부여할 수 있는 문인 제자들이 구름처럼 모여 있었다. 그 제자들이 퇴계의 마음을 후세에 전한다. 이순신의 문하는 제자가 아니라 지휘복종의 관계에 있는 부하들이었다. 그들은 무인이었으므로 현실을 설명하기보다는 현실을 주물러서 개조하려 했다.

이순신의 정치의식을 우리는 알 수 없다. 그는 의주로 달아난 피난 정권 내부의 당쟁에 관한 정치적 견해를 발설하지 않았고, 기록으로 남기지도 않았다. 그의 충성은 당파성과의 관련 위에 설정된 것이 아니었고, 정치 권력과의 밀월관계 위에 설정된 것도 아니었다. 그는 정치 권력에 복속되어 있었지만, 그 정치적 복속관계가 외적을 무찌른다는 군사적 국면을 손상하지는 않았다.

군대 작전이나 진퇴, 또는 군대 운영이나 관리에 관한 한 그는 철저히도 탈정치적이었다. 그는 다만 아군의 사실과 적군의 사실에만 입각해 있었다. 압록강가의 피난 정권은 바다의 현실에 전적으로 무지했다. 임금은 어린아이처럼 보챘다. 꾸물거리지 말고 속히 함대를 몰고 나가 적을 격파하라는 교서가 연일 남쪽 바다로 내려왔다. 조정에 종이가 떨어졌으니 종이를 구해 보내라는 명령도 내려왔다. 바다에서 싸우는 해군이 어떻게 종이를 만들거나 구할 수가 있었을까. 이순신은 종이를 조정으로 보냈다.

종이를 보낼 수는 있지만 이순신은 조정의 조바심을 위로하고 복종 태도를 과시하기 위한 정치적 목적으로 군대를 움직이지 않았다. 함대는 다만 군사적 이익을 위해서만 나아가고 물러났다. 전투를 포기하고 군대를 해산해서 고향으로 돌아가라는 명明의 외교적 요청에 대해 이순신은 격렬하게 저항했다. 그의 분노는 정치적 분노가 아니라 군사적 분노이다. 전쟁의 목적은 나라의 원수를 갚고 '적의 종자를 없애는 것'이며 이미 돌아갈 고향도 없다고 그는 임금에게 보낸 글에서 말했다.

이순신은 자신의 지휘권 밖에 있는 군관이나 지방 수령 들의 무능과 비리, 토색질, 전투기피증, 군수물자 유용, 징모 부정, 적전 근무 이탈을 임금에게 알리기를 주저하지 않았다. 그는 이 한심한 관리들을 처형하거나 경질해줄 것을 문서로 작성해서 임금에게 요청했다. 그가 보낸 문건은 조정에서 공개되었다. 그는 남을 죽여야 한다는 자신의 주장이 공개되는 사태에 대한 정치적 두려움이 없었다. 그는 자비로운 지휘관이 아니었다. 그는 무자비한 지휘관도 아니었다. 그는 다만 군율을 어긴 부하들을 조용히 목 베었다. 적전 초소 이탈, 정보 유출, 투항 미수, 부녀자 강간, 영내 절도, 군수물자 횡령, 작전명령 불복종, 공문서 변조, 유언비어 유포, 허위 보고와 민간인의 개를 잡아먹은 부하들을 그는 목 베고 가두고 때렸다. 전투에서 달아나 고향에 숨어 있는 자들은 그 은신처까지 형리를 보내서 기어코 목 베었다. 그의 일기에서 부하들을 목 벤 일은 바다의 날씨를 기록하는 문장과 똑같이 단순명료하다.

그는 정치를 두려워하지 않았지만, 그가 정치에 대한 두려움이 없었기 때문에 정치는 그를 두려워했다. 이것이 그의 비극의 근원이었다. 그는 일찍이 사석에서 말했다. "장수 된 자는 작은 공로만 있어도 목숨을 보존하지 못하는 경우가 많다." 정치란 도대체 무엇이며, 무엇이어야 하는가, 이순신은 그런 회의를 품지 않았다.

그러나 그의 글을 읽는 후인들은 그런 회의를 끝내 떨쳐버릴 수가 없다. 정치는 그에게 손댈 수 없었다. 그는 7년 동안의 전쟁이 끝나던 날 적탄에 맞아 숨졌다.

무사와 카게무샤

일본 대중문화 개방 덕에 서울에서 〈카게무샤〉를 볼 수 있었다. 그 영화가 보여준 16세기 일본 무사들의 갑주甲冑, 요로이 가부토는 놀랍게도 장식적이었다. 그들의 갑옷은 온갖 색깔과 문양을 교직한 정교한 공예품처럼 보였다. 무사의 지위가 높아질수록 그 장식적 현란함은 더욱 심해져서, 고급 지휘관이나 영주 들의 갑옷은 군대의 유니폼이 아니라 독자적 개성과 위엄의 상징체계를 드러내는 개인 패션이었다.

적의 창검으로부터 몸을 보호하기 위한 실용적 목적만으로는 그 갑옷의 탐미적 열망을 이해할 수 없었다. 강력하고도 세련된 웅성雄性의 삼엄한 기상을 표출하는 것이 그 갑옷들의 공통된 지향점이겠지만, 그 웅성의 긴장미를 드러내는 방식은 제각기의 극한으로 가고 있었다. 그들 갑옷의 기능적 본질은 방어이지만, 미학적 외양은 공격이다. 패션은 수세守勢의 본질 위에 공세攻勢의 외양을 덧씌우는 과정을 따라서 전개되는데, 이 패션의 수공守攻 전환은 갑옷의 머리 부분에서 양식적 완성을 보인다. 그 투구와 장식은 밀리터리한 아름다움의 한 전형이라고 할 만하다. 영화 〈카게무샤〉가 보여주는 일본 무사들의 갑옷은 구로사와 감독의 치열한 완벽주의 정신에 의해 엄격히 고증된 것이라고 한다.

16세기에 일본 사무라이 계급은 시대의 중원으로 진출했다. 중앙 통제적인 정치의 권위가 부재하는 시대에, 그들은 다만 피로써 피를 씻는 판쓸이의 방식으로 전국戰國을 정리했다. 사무라이 계급은 그들의 호전성의 외곽을 귀족 문화의 탐미주의로 치장했고, 탐미주의와 호전성의 결합은 무사적 교양의 중요한 패턴으로 자리잡게 되었다.

살아서 움직이는 것은 개나 닭까지도 모조리 베고 찌르는 살육의

광화문의 충무공 동상
광화문 네거리에서 바라본 북한산과 경복궁과 그 앞으로 펼쳐진 거리는
한반도의 정치적, 이념적 정통성의 축선이다.
충무공은 이 축선의 가운데를 지킨다.

싸움터에서 돌아온 저녁에, 저 피에 젖은 무사들은 덧없는 삶의 허무와 끝없는 싸움의 비애를 읊조리는 격조 높은 단가를 지어낼 수도 있었다. 그들의 시심詩心은 정갈했고 그들의 언어는 새파랗게 날이 서 있었다. 갑옷과 투구는 그 탐미적 호전성을 조형으로 완성시킨다. 아름다운 갑옷은 그들의 자존심을 상징했고, 삶과 죽음의 무게가 실린 숨막히는 도락이었으며, 그 갑옷의 조형미 속에서 전쟁은 무사의 개인적 미의식에 따라서 패션화하고 있었다.

〈카게무샤〉가 상영되던 1998년 '12월의 문화 인물'은 이순신이었다. 서울 세종로 네거리에 동상으로 서 있는 이순신의 갑옷은 장식적 미의식과는 아무런 관련도 없어 보인다. 이순신의 갑옷은 투박하고도 단순하다. 그의 갑옷은 공격적 기상을 조형화하지 않는다. 이순신의 갑옷은 일본 무사들의 갑옷처럼 날아오르지 않고, 억눌려 있다. 그 갑옷은 다만 적을 죽이기 위해서 죽지 않아야 하는 사람의 자기방어의 실용성만으로 고요하다. 그의 갑옷을 억누르는 것은 시대와 역사 전체를 혼자서 책임져야 하는 사람의 한없는 경건성이다.

영화 〈카게무샤〉는 패션화한 전쟁의 웅장한 스펙터클을 보여준다. 푸르른 무사들은 싸움닭처럼 용맹하고 영롱하다. '헛것'이 그 빛나는 싸움닭들의 전쟁을 지배한다. 관동關東의 패권을 다투던 다케다 신겐이 죽자 다케다 가문의 무사들은 다케다의 죽음을 은폐하려고 다케다를 닮은 한 불량배를 영주의 자리에 앉힌다.

다케다의 '허깨비'인 그 불량배는 사인화私人化한 권력의 비극을 희

극적으로 보여준다. 그 헛것을 정점으로 힘이 집결되고 이 헛것이 모든 권위와 범절과 질서의 근원으로 자리잡았다. 다케다 가문의 무사들은 헛것의 권위 아래서만 전쟁을 수행할 수 있었고, 다케다의 적들은 헛것이 두려워서 군사를 움직이지 못한다. 이 헛것의 정체가 드러나고 허수아비가 쓰러지자 다케다의 진영은 궤멸했다.

사인화한 권력은 조직의 기능과 역할에 따라서 권위를 분배하지 않는다. 권위는 최고 권력자에 대한 근접도에 따라서 분배된다. 이 사인화한 권력이 '헛것'의 지배를 가능케 한다. 사무라이들의 전쟁이 강렬한 장식과 상징물로 패션화하는 배경도 권력의 사인화와 무관하지 않을 것이다. 그들의 전쟁은 이민족과 싸우는 조국 수호 전쟁이 아니라 언제나 무가 가문들 사이의 패권 다툼이었다.

다케다 신겐의 진영이 헛것과 함께 궤멸하자 천하는 오다 노부나가의 수중으로 들어간다. 오다는 용맹한 멋쟁이 무사였다. 그는 '천하포무天下布武'라는 네 글자를 도장으로 사용했다. 그의 도장 속에서 '무武'는 권력의 폭격적 본질로서 그 알몸뚱이를 드러내고 있다. 오다는 부하의 칼에 죽었다. 오다가 횡사하자 그 휘하의 일개 부장이었던 도요토미 히데요시는 오다 정권의 수뇌부를 타도하고 천하를 장악한다. 도요토미의 권력 밑으로 전 일본의 조직된 무력은 일사불란한 지휘체계를 이루며 집결했고, 이 가공할 군사력 전체를 적敵으로서 감당해내야 했던 무인은, 이 무덤덤한 갑옷의 이순신이었다.

이순신의 내면은 무겁게 짓눌려 있고 삼엄하게 통제되어 있다. 그는 이 통제된 내면의 힘으로 무수한 아수라를 돌파한다. 『난중일기』와 그가 조정으로 보낸 전황 보고서들은 무인다운 글쓰기의 전범이라고 할 만하다. 그는 정치적 불운에 목숨을 저당 잡힌 상태에서 전쟁을 수행했다. 그러나 『난중일기』는 의주 피난 정부에서 벌어지는 이전투구의 정치 상황을 일언반구도 언급하지 않는다. 그는 바다의 사실에만 입각해 있었다. 매일매일 바다 날씨의 미세한 변화를 그는 기록했다. 그는 늘 병고에 신음했고, 슬픔과 기쁨에 몸을 적시는 정한의 인간이었다. 그러나 그의 슬픔은 "나는 오늘 슬펐다"라고까지만 기록하는, 통제된 슬픔이었다. 그의 슬픔과 기쁨에는 수사적 장치가 없다. 이 통제된 슬픔의 힘이 "저녁 무렵에 동풍이 잠들고 날이 흐렸다. 부하 아무개가 거듭 군율을 범하기로 베었다" 같은 식의 놀라운 문장들을 쓰게 한다. 바람이 잠든 것과 부하를 죽인 일이 동등한 자격의 사실일 뿐이다.

이순신의 죽음이 '의도된 전사'였으며, '위장된 자살'이었다는 주장은 매우 신빙성 있는 정황 증거들을 제시하고 있다. 그에게는 전후의 권력 재편 속에서 살아남을 수 있는 정치적 여백이 없었다. 다케다 신겐이 허수아비를 앞세우고 통과해나간 아수라를 이순신은 자신의 죽음으로 정리했다. 영웅이 아닌 우리는 이도 저도 할 수 없다. 역사는 모순이며 비애이다. 우리는 억눌림 없는 세상에서 살고 싶다. 우리는 패션이 공격 무기가 되는 세상에서 살기 싫다. 우리는 아름다움의 힘이 현실을 개조할 수 있는 세상에서 살고 싶다. 〈카게무샤〉는 슬픈 영화다.

마음속의 왕도가 땅 위의 성곽으로

수원 화성

    수원 화성의 쓰임새는 군사시설물이고 그 드러남은 조형예술품이다. 수원 화성은 아름답고 강력한 진지陣地다. 그 아름다움은 땅에 들러붙어서 부화하지 않고, 그 강력함은 미의식으로 잘 단도리가 되어서 거칠거나 사납지 않다.

    수원 화성의 성벽에서 쓰임새는 드러남 속에 숨어 있고 드러남은 쓰임새 속에 숨어 있다. 쓰임새와 드러남이 서로 숨고 또 숨겨서 함께 드러나는 것은 아름다움의 강력함과 강력함의 아름다움이다. 수원 화성에서는 아름다움은 강력함으로 발현되고 강력함은 아름다움으로 발현된다. 그리고 그 양쪽을 현실의 땅 위에서 공간화해내는 힘은 땅의 기초를 다지는 일의 토목공학적 성실성과 자재를 쌓아올리는 일의 건축학적 과학성과 일과 사람과 자금과 노동과 시간과 환경을 조직하고 관리해내는 행정작용의 꼼꼼함이다. 수원 화성을 이루어내는 정신의 힘은 거대한 완성을 향해 나아가는 이 꼼꼼함이고 전체와 세부를 일관하는 정돈된 지향성이다. 정신과 기술은 다르지 않고 아름다움과 강력함이 다르지 않고 삶과 꿈이 다르지 않다. 수원 화성은 땅 위의 성곽이고, 마음속의 왕도이다.

장안문 쪽에서 바라보는 성벽은 낮은 민촌의 들을 건너서 서장대 쪽 산등성이로 올라간다. 화성 성곽은 현대도시 수원의 도심부를 둘러싸면서 옛 왕도의 궤적을 그린다. 성벽 밑으로 도로를 뚫고 자동차들이 그 밑으로 성안과 성 밖을 드나든다. 그래서 수원에 가면, "아, 여기가 수원이로구나!" 하고, 아무도 가르쳐주지 않아도 저절로 알게 된다. 현대도시의 일상공간 속에서 옛 왕도의 자취가 이처럼 확연히 살아서 작동되고 있는 도시는 수원 말고는 없다. 그래서 수원은 서울이나 경주나 부여나 안동보다도 더 오래된 마을이라는 느낌을 준다. 신라 왕관이나 백제 금동향로나 고려 청자처럼 박물관 진열장 안에 들어 있는 문화재가 아니라 대도시의 일상공간을 이루고 있다는 점에서 수원 화성은 가장 활발하게 살아 있는 문화재이다. 그리고 그 성벽이 대도시 시민의 일상적 공간의 일부라는 점에서 수원 화성은 낙안읍성이나 해미읍성과도 다르다. 수원 화성은 조선 임금 정조의 왕도였지만, 수원시민의 일상공간이다. 자전거는 성벽의 바깥쪽을 따라서 성을 한 바퀴 돌고 성 안쪽은 걸어서 간다.

장안문은 수원 화성의 정문이며 북문이다. 남문이 아니라 북문을

화홍문 쪽에서 바라보는 방화수류정과 성벽은 화성의 가장 아름다운 구간이다.

정문으로 삼은 까닭은 서울이 북쪽에 있기 때문이다. 수원 화성은 북문으로 서울을 맞이하고 남문팔달문으로 영남과 호남에 이어진다. 남문의 규모와 위용은 정문인 북문과 똑같다. 서울에서 화성 북문을 지나 성안으로 들어가는 사람들이나 영·호남에서 화성 남문을 통해 성안으로 들어가는 사람들이 화성에 대해서 느끼는 신뢰감은 똑같다. 그래서 수원 화성은 왕조의 기획과 집행으로 이루어낸 신도시지만, 서울에 부속된 주변부가 아니라 내륙 한복판에 건설된 또다른 수도라는 느낌을 준다.

수원 화성의 아름다움은 돌과 벽돌의 조화에 있다. 돌은 희고 벽돌은 회색인데 돌의 흰색은 거무스름하고 벽돌의 회색은 희끄무레해서 돌빛과 벽돌빛은 서로 튕겨내지 않는다. 대체로 돌은 구조물 전체의 기초를 버티고 벽돌은 그 기초 위에서 장식적인 부분을 이룬다. 벽돌의 장식성은 군사적 실용성에 엄격히 복종하지만 그 복종의 흔적을 성벽 위에 드러내지 않는다. 팔달문이나 장안문은 그 문 앞을 에워싼 반원형의 옹성과 적대, 그리고 홍예 부분까지를 모두 벽돌로 쌓았다. 이 웅장한 벽돌담의 질감이 수원 화성이 방문객에게 주는 첫번째 인상이다. 벽돌은 돌에 비해 훨씬 더 단정하게 규격화되어 있고 설계자의 의도에 따라 조형물을 만들기에 편하다. 이 벽돌의 옹성은 군사적 실용성을 생활 속의 친근함으로 바꾸어놓는다. 대체로 말해서 성벽의 기초 부분은 돌이고 그 벽 위나 벽 주변에 설치되는 치성, 옹성, 망루, 여장, 봉수대는 벽돌이다. 그래서 수원 화성은 공격하는 자의 사나움

서장대와 노대
서장대는 성안에서 가장 높고 조망이 넓은 지휘소이다.
군사시설이라기보다는 예술적 건축물로 보인다.

이나 방어하는 자의 경계심을 드러내지 않고, 마을의 일상생활과 자연지형을 따라서 조화롭게 뻗어나가는 평화로운 구조물들의 흐름을 보여준다.

화성을 설계하고 시공한 사람들은 벽돌의 기초자재로서의 성질을 신뢰하지 않았던 것 같다. 벽돌의 본질은 돌이 아니라 흙이다. 흙은 그 안에 습기를 간직함으로 겨울에 얼어서 깨지고 물에 불어서 안쪽이 허물어진다. '성의 기초로서는 돌만한 것이 없다'고 『화성성역의궤』는 기록하고 있다.

화성에서 돌과 벽돌의 조화를 가장 선명하게 보여주는 곳은 서장대 뒷마당에 세워진 서노대나 서북공심돈, 북동포루, 서남암문 같은 시설물들이다.

서장대는 사령관의 관측소이며 지휘소이다. 서장대는 화성 전체에서 가장 높은 팔달산 정상부로, 성 전체를 한눈으로 조망한다. 서노대는 그 뒤쪽의 방어시설로, 쇠뇌를 쏘는 노수의 진지다. 이 진지는 성벽의 흐름에 기대지 않는 평지돌출형이다. 이 위에 올라서면 수원 서북방면의 평야가 넓게 열린다. 기초와 계단은 돌로 쌓았고 그 상부구조는 벽돌인데, 모서리에 사선으로 돌기둥을 쌓아서 구조물 전체에 긴장감과 고양감을 주고 있다. 기능을 염두에 두지 않고 이 구조물을 들여다보면 사격과 관측을 위한 엄폐물이라기보다는 제단이나 전망대처럼 보인다. 군사적 날카로움은 벽돌로 쌓은 그 여장의 총안 속에 숨어 있다.

공심돈은 가운데를 비워놓은 구조물인데, 그 가운데를 2층으로 나누어 위아래에 구멍을 뚫어서 대포나 화살을 쏘게 되어 있고 단청을 칠한 누각으로 지붕을 올렸다. 서북공심돈도 돌의 기초 위에서 벽돌로 4면을 둘러친 건물이다. 공심돈은 성의 각루^{角樓}의 일종이지만 공심돈의 외벽은 돌출한 모서리를 드러내지 않고 부드럽게 곡면처리되어 있다. 그래서 공심돈은 사격진지임에도 불구하고 그 화약 냄새를 풍기지 않는다. 성벽을 따라 들어선 수많은 시설물들 중에서 공심돈은 가장 큰 화력을 일시에 쏟아낼 수 있는 요새이지만 바라볼 때 벽돌의 질감을 따라 이어지는 성벽의 흐름에 실려 있어서 우뚝하되 돌출하지 않는다.

서남암문은 성벽의 서남쪽 모서리로부터 화양루에 이르는 통로다. 벽돌로 벽을 쌓고 돌로 성벽의 밑 부분과 주춧돌을 놓아서 벽돌의 질감은 돌의 강고함 위에 실려 있다. 암문은 성벽의 가장 후미진 곳에 설치하는 비밀통로다. 성이 적에게 포위되었을 때, 아군은 이 암문으로 군수품과 인원을 출입시키고 이 암문으로 군사를 빼내서 적을 기습한다. 모든 성곽의 암문은 은폐된 시설물인데, 수원 화성의 서남암문은 위치를 은폐하려는 의도를 드러내지 않는다. 서남암문은 돌출되어 있고 또 여장 위에 포사^{鋪舍}를 만들어서 눈에 쉽게 띈다. 아마도 이 위치가 성의 서남쪽에서 가장 조망이 넓은 지점이기 때문에 특별한 관측소로 쓰려는 의도였던지, 아니면 성벽에서 화양루에 이르는 성 내부의 통로로 쓰려는 의도였을 것이다. 서남암문의 포사는 작고 단

화성은 현대도시의 공간 안으로 옛 왕도의 자취를 끌고 간다.
화성 성곽은 박물관 진열장이 아니라 일상의 시간과 공간 속에서 살아 있는 문화재이다.

정하고 날렵해서 아무런 군더더기도 없다. 그 포사 건물은 자신의 안과 밖을 치밀하게 관찰하려는 자의 시선으로 긴장되어 있고, 그 삼엄한 시선까지도 풍류화되어 있다.

꼼꼼한 바탕 위에 수놓은 거대한 수예작품

수원 화성을 거대한 인공의 풍경으로 바라본다고 할 때, 가장 즐거운 시선은 장안문 앞 로터리에서 성벽을 남동쪽으로 바라보는 방향이다. 이 방향에서는 성벽을 따라서 방화수류정, 화홍문, 포루, 노대, 공심돈이 보이고, 성벽은 그 구조물들을 한 줄로 엮어가면서 들을 건너간다.

방화수류정은 장안문과 그 주변 성벽을 엄호하는 각루이며 초소이다. 이 초소는 화려한 정자의 모습으로 드러나 있다. 건물의 구조는 대칭과 비례를 무시하면서 불규칙한 공간배치를 보인다. 추녀가 서로 부딪치고 용마루 선이 어긋나면서 건물 전체는 늘 움직이고 있는 생명체와도 같은 느낌을 준다.

방화수류정은 용연이라는 작은 연못을 내려다보고 멀리는 수원 북쪽 넓은 들을 조망한다. 초소가 정자이고 정자가 초소이다. 용연은 성밖에서 성안으로 흘러들어가는 물줄기를 일시적으로 가두는 저수지이다. 이 저수지 안에 작은 인공 섬을 만들고 버드나무나 꽃을 심어서 군사시설물은 인공의 풍류로 바뀐다.

수원 시내를 북에서 남으로 흐르는 개천_{광교대천}은 이 용연에 고였다가 화홍문 밑을 지나서 성안으로 흘러든다. 용연은 이 하천의 수량을 조절하기 위한 담수시설이었을 것이다. 물길을 가지런히 내는 공사는 화성의 성 쌓기 공사 전체 중에서 가장 먼저 시행한 공사였다. 화홍문은 성의 북쪽 수문이다. 돌다리 위에 누각을 지었고, 돌다리 밑으로는 7개의 홍예 밑으로 물이 흐른다. 강고한 성벽 밑을 늘 물이 흘러서, 수원 성벽에서는 흐르는 것들이 강고한 것들의 밑바닥을 쓰다듬어준다. 왕도는 존재와 생성의 두 축 위에서 현실의 들판 위에 성벽을 이룬다.

수원 화성의 이념적 지향성을 지상의 구조물로 이룩해내는 그 실무적 꼼꼼함은 『화성성역의궤』 안에 모조리 적혀 있다. 『화성성역의궤』는 수원 화성의 기획과 시공에 이르기까지의 모든 사항을 총망라한다. 이 의궤는 조선 왕조가 편찬한 책들 중에서 가장 완벽한 기록문서이다. 화성 축조를 기획하고 지시하는 임금은 실무적인 치밀함을 끝까지 유지한다. 화성 축조에 있어서 임금의 지휘 방침은 서두르지 말 것, 기초를 튼튼히 할 것, 사치스런 치장을 하지 말 것, 일을 합리적이고 능률적으로 조직하고 관리할 것, 첨단 과학기술을 총동원할 것, 그리고 무엇보다도 백성을 괴롭히지 말라는 것이었다.

성을 쌓기 전, 수로를 정비하고 도로를 개설할 때 도로연변의 농가들을 수용했다. 의궤는 수용된 농가들의 주인 이름, 위치, 수용가격을 빠짐없이 기록하고 있다. 북리北里에 살던 김용강의 집은 흙방 1칸으로 수용가는 7전이며 5전을 추가로 지급했다. 남리南里에 살던 김금공

화성 봉수대는 신호체계와 방어시설을 함께 갖췄다.
군사적 위용에도 불구하고 사나운 공격성을 드러내지 않는다.

은 매우 재력 있는 사람이었던 모양이다. 그의 집은 초가 32칸이었는데 수용가격으로 80냥을 받았고 110냥을 추가로 지급받았다. 남리에 있던 5칸짜리 기와집의 수용가격은 75냥이었다. 초가집과 기와집의 가격 차이는 현격했음을 알 수 있다. 의궤는 수로와 도로로 편입된 구간에서 국비로 수용한 논과 밭의 일련번호와 그 값을 빠짐없이 기록해놓았고 축성공사에 동원된 모든 장인들의 명단과 그들의 전문분야, 노임, 출신지와 소속을 기록했고, 못 1개, 벽돌 1장의 수급사항을 세밀히 적어놓았다.

석수, 목수, 기와장이, 대장장이, 화공 등 22개 전문분야의 장인 1,800여 명이 이 공사에 기술직으로 참여했고 그밖에 자재운반이나 땅 다지기 등의 노역에 수많은 백성들이 참여했다. 그들은 물론 국가의 명령에 따라 동원된 인력들이었지만, 기술숙련도와 노동의 강도, 노동시간에 따라서 정확하고도 차등 있는 노임을 지급받았고, 축성에 필요한 모든 자재는 백성의 것을 징발하지 않고 모두 정확한 값을 쳐주고 사들였다.

장막쇠, 고돌쇠, 차언노미, 임작은노미, 김순노미, 홍귀노미, 박삼쇠, 김쇠고치, 정큰노미, 최큰노미 같은 하층민들의 이름이 장인 명단에 등재되어 있다.

성벽을 쌓는 일로 말하자면 올해 쌓아도 될 일이고 내년에 쌓아도 될 일이고 십 년을 걸려서 쌓아도 될 일이지만 백성은 하루를

굶겨도 안 되고, 이틀을 굶겨도 안 될 것이며, 한 달을 참고 지내라
고 말할 수 없는 노릇이다.

혹심한 더위가 이같은데, 성 쌓는 현장에서 공사를 감독하는 사
람, 노동을 하는 사람들이 헐떡거리는 모습을 생각하면 어찌 잠이
편안하겠느냐. 척서단더위 먹은 데 먹는 알약 사천 알을 보내니 한 알이
나 반 알씩 정화수에 타서 먹이라. 병을 치료하는 방편에 각별히
유의하고, 더위를 씻을 수 있는 약재를 넉넉히 마련해서 한 사람의
기술자나 일꾼이라도 더위 먹는 일이 없도록 하라.

동지가 내일이라 추위가 심하다. 일하는 저들을 생각하니 저들
의 추위가 나의 추위다. 솜이 떨어지는 일이 없도록 하고 한 사람
한 사람의 고통을 일일이 물어서 그 연유를 보고하라. 석수들에게
옷감과 모자를 보내주겠다.

이제 듣자 하니, 여장의 용마루에 사용할 벽돌을 아직 구워내지
못해서 내달 20일 후에야 비로소 구워낼 수 있다 하니 그렇다면 내
달 10일께 공사를 마치겠다던 경들의 말은 나를 기만한 것이냐!
어찌하여 이같이 해괴한 일이 있을 수 있는가!
경들은 다시 복명하라!

공사가 진행중일 때 현장으로 보낸 임금의 지시와 꾸중은 대체로 이와 같았다. 『화성성역의궤』를 읽으면 수원 화성의 단단함과 아름다움은 합리적 꼼꼼함의 바탕 위에서 가능했음을 알 수 있다. 수원 화성은 그 꼼꼼함의 힘으로 땅 위에 이루어놓은 거대한 수예작품처럼 보인다. 그 수예작품이 군사적 실용성과 건축학적 아름다움을 통합하면서 일상의 공간 속으로 방어의 성벽을 끌어들이고 있다.

가마 속의 고요한 불

관음리에서

하늘재는 관음리^{경북 문경시}에서 미륵리^{충북 충주시}로 넘어가는 백두대
간의 고개다. 신라 아달라왕의 북진팽창 정책은 2세기 중엽에 이미
백두대간을 넘어서 중원을 겨누었다. 아달라왕은 소백산맥에 하늘재
(당시 이름은 계립령)를 뚫었고 이어 죽령을 개척했다. 『삼국사기』에 따
르면, 하늘재는 서기156년에, 죽령은 158년에 열렸다.

하늘재는 문헌에 기록된 한반도 최초의 도로이며 고개다. 조선 초
기에 문경새재가 열리기 전까지 하늘재는 영남과 경기 충청을 오가는
간선도로였다. 지금은 이화령 고갯길이 열리고, 고개 밑으로는 터널
까지 뚫려서 자동차는 하늘재로 들어올 일이 없다. 하늘재의 충북 구
간은 아직도 소나무숲 사이를 겨우겨우 헤쳐나가는 비포장 소로이다.
2,000년 전의 옛길 하늘재는 문경새재에 의해 버림받았고, 이화령에

의해 버림받았지만, 이제 사람들에게 버림받은 것은 하늘재의 축복이다. 자전거는 하늘재 밑 관음리마을에서 출발한다.

하늘재 옛길가 관음리마을에서는 오래된 백자 가마에 장작불을 때고 있었다. 시루떡처럼 익어가는 가마 옆에서 불 아궁이를 들여다보며 하룻밤을 묵었다. 이 가마의 이름은 '조선요'이다. 지금은 세상을 떠난 이 마을 도공 김영수金永洙, 1803~?씨가 1843년에 이 가마를 지었다. 그의 아들 손자 들이 150여 년 동안 대를 이어 이 가마에 불을 땠고, 지금은 이 집안 8대손인 김영식金榮植씨가 물려받았다. 이 가마는 현재 작동되고 있는 가마들 중에서 가장 오래된 가마이다. 금년에 문화재로 지정되어 곧 보존 처리된다. 이날 때는 불이 마지막 불이 될지도 모른다고 김영식씨는 말했다.

하늘재 아래 오래된 백자 가마 아궁이 속에서 불길은 없었던 생명을 빚어내서 숨을 불어넣는 여성성女性性의 힘으로 타올랐고, 가마의 내부구조와 그 구조물들의 기능은 거대한 인공의 자궁처럼 보였다. 이 인공은 섬세하고도 치밀한 전략의 소산이지만, 가마는 그 전략을 불과 바람과 연기의 흐름 속에 완벽하게도 순응시켜서, 전략의 구조를 노출시키지 않는다. 가마는 단지 밋밋한 산비탈에 순하게 엎드린 흙더미처럼 보인다. 가마의 천장은 둥근 돔이다. 불길은 이 돔 안에서 고이고 돌고 흐른다.

불길은 물길과 같다. 억지로 할 수가 없는 것이다. 불길은 빠져나가면서 또 흘러들어온다. 불길은 새롭게 흔들리는 바람이다. 봉통^{맨 아래}의 ^{아궁이}에 때는 불은 첫째 칸을 예열시키고, 첫째 칸을 돌아나온 불길은 여러 개의 살창구멍으로 빠져나가 둘째 칸을 예열시킨다. 땅바닥에 깔린 살창구멍들은 불길의 실핏줄이며 칸과 칸 사이의 숨길이다. 불길은 순환하고 칸들은 호흡한다. 가마 속에서는 이 순환계통과 호흡계통이 포개져 있다. 살창구멍은 가운데 쪽이 작고 벽 쪽이 크다. 가운데로는 작은 불길이 흐르고, 벽 쪽으로는 큰 불길이 흐르면서 가마는 외부의 온도를 차단하고 그 내부에 쟁여진 그릇들의 생명을 자라나게 한다. 그때 더운 가마는 자궁 속에 아기를 가진 젊은 어머니와 같다. 세습 도공 김씨는 가마에 불을 때는 일을 '그릇을 굽는다'라고 말하지 않고 '가마를 익힌다'라고 말한다. 그의 말 한마디는 흙·물·바람·불을 결합해서 없었던 생명을 만들어내는 백자 가마의 근원적인 여성성을 암시하는 것처럼 들렸다.

가마 속에 쟁여진 수많은 그릇들의 개별성은 잘 익은 가마의 완숙성 속에서만 태어나는 것이다. 타오르는 불꽃 속은 맑고 고요하고 깊다. 그곳은 불의 핵이고 불의 보석이다. 그곳은 맹렬하게 타오르는 화염이 맑게 가라앉는 곳이다. 그 뜨거운 곳은 거의 차가워 보인다. 여기서는 많은 산소가 필요하지 않다. 산소가 많이 필요한 불길은 거죽에서 너울거리며 뻗어나가는 겉불꽃이다. 겉불꽃은 아직 정돈되지 않은 젊은 불길이다. 겉불꽃은 출렁거리면서 가마 속을 흘러가고, 속불꽃은 사람의 눈에 띄지 않게 기름처럼 고요히 가마 속을 흘러간다.

가마를 익히는 불길은 열熱이 아니라 흐름이다. 겉불꽃은 공기와 더불어 발랄하게 놀아난다. 겉불꽃은 자유롭고 무질서하고 불안정하다. 대체로 말해서 분청사기와 막사발의 그 자유롭고 여유로운 질감은 이 겉불꽃이 놀다 간 자리이다. 그래서 막사발들은 사람처럼 제각기의 표정으로 이 세상에 태어난다. 속불꽃은 바람과 뒤엉키는 그 놀아남의 흔적을 들키지 않는다. 속불꽃은 맹렬하고도 적요하다. 이 맑은 불은 장작에 뿌리박은 불길의 운명을 이미 떠난 것처럼 보인다.

이 불길은 흙을 흔들지 않고 고요히 흙 속으로 스며서 고려 청자나 조선 백자의 표면에 깊고 깊은 색깔의 심층구조를 드러나게 한다. 깊은 것은 깊은 것들 속에서 나오게 되어 있는 모양이다. 백자의 아름다움은 눈으로 들여다볼 수 있지만, 가마의 아름다움은 보이는 것이 아니어서 몽상으로 들여다볼 수밖에 없다. 그릇의 색깔은 멀고 아득한 잠재태로서 흙 속에 숨어 있었다.

그러나 겉불꽃이 되었건 속불꽃이 되었건 어떻게 불이 수억 년을 잠자는 흙을 흔들어 깨워서 그 아득히 먼 아름다움을 이 세상 밖으로 끄집어내서 사람들의 눈앞에 펼쳐 보일 수가 있는 것일까. 그것은 그 불길들이 애초에 장작 속에 들어 있었다는 것처럼 감당하기 어려운 일이었고 도공도 거기에는 대답할 수 없었다. 그것은 불과 흙 사이의 일이어서 사람이 거기에 간여할 바가 못 되고, 다 알려고 하는 것이 오히려 몽매한 일임을 이 오래된 가마 앞에서는 알겠다. 가마는 젊은 어머니인 것이다. 비논리적이긴 하지만 그렇게 말해두는 수밖에는 없다.

문경 관음리 조선요의 불
'조선요'는 남한에서 가장 오래된 백자 가마다. 고요한 불이 맹렬하다.
맹렬한 불은 흔들리지 않는다.
적막한 것이 맹렬하고 맹렬한 것이 적막하다.

도공 김씨는 밤늦도록 아궁이에 불을 땠고, 자전거를 타고 온 사람은 자전거를 팽개쳐놓고 불장난하는 아이처럼 장작 몇 개를 아궁이에 넣었다. 빨간 불길과 노란 불길이 모두 사그라지자 가마 안에는 맑은 불길이 고요히 흘렀다.

8대에 접어든 세습 도공

1843년에 이 '조선요'를 지은 김영수씨의 아버지 김광표金光杓, 1760~?와 할아버지 김취정金就廷씨도 모두 이 마을의 도공이었다. 그래서 문경 관음리마을에 뿌리내린 경주 김씨 계림군파 집안의 도공 내력은 이제 8대째다.

문경 시내에서 '영남요'를 경영하고 있는 김정옥金正玉씨는 이 집안의 7대 도공이다. 김정옥씨의 할아버지 김운희金雲熙씨는 도자기 솜씨가 조정에까지 알려져서 경기도 광주의 관요로 발탁되어 갔다. 김정옥씨는 아버지 김교수金敎壽씨로부터 기예를 전수했다. 그의 아버지는 지금 옛 가마로 올라가는 오솔길 옆에 묻혀 있다.

김정옥씨는 1996년에 중요무형문화재로 지정되었다. 사기장으로서는 최초이고 유일한 무형문화재이다. 김씨의 아들 김경식金璟植씨도 아버지의 전수 장학생으로 지정되어서 대를 잇게 되었다. 김씨는 관음리에 있는 선조들의 옛 가마(조선요)를 그대로 본받아서 '영남요'를 지었다. 크기와 내부구조와 건축 기법을 그대로 재현했다. 소나무 장작을 때는 망댕이 가마다. 망댕이는 가마 천장에 돔을 쌓을 때 쓰는

구운 흙벽돌이다. 고열에도 오랜 세월 견디어내고, 천장의 불길 흐름을 부드럽게 해준다.

김씨가 아버지에게 도공일을 배우던 시절에 관음리 옛 가마 주변에는 30여 기의 사기 가마들이 가동되고 있었다. 마을 공동 가마도 있었다. 공동 가마는 다 무너지고 지금은 빈터와 바닥 구조의 일부가 남아 있다. 그릇을 받으러 오는 지게꾼들이 가마 앞에 줄을 서 있었다고 김씨는 말했다. 스테인리스 그릇과 수입 도자기가 보급되자 사기 그릇 생산은 급속도로 몰락했다.

한국에서 사기가 몰락해가던 6·25 직후에 일본인 도예가 고바야시 도고小林東五 씨는 이 산간 벽촌까지 찾아와 6년을 머무르며 김씨의 아버지에게서 도예를 배워갔다. 그때 한국에서는 사기 가마 터를 아무도 거들떠보지 않았다. 고바야시는 지금 일본 도예계의 대가가 되어 있다.

관음리 옛 가마촌은 지금 '조선요' 하나만 남고 다 무너져버렸다. '조선요'도 문화재로 지정되어 더이상 불을 땔 수 없게 되었다. '조선요'에 때던 불은 새로 지은 '영남요'에서 그 후손에 의해 겨우 타오르게 되었다. 맥을 이어가는 일의 어려움이 이와 같다.

망월동의 봄

광주

망월동 5·18 묘지에 스무번째 봄이 왔다. 새 묘역은 망월동이 아니라 광주광역시 북구 운정동이다. 그러나 다들 망월동이라고 부른다. 새 묘역의 유영 봉안실에는 1980년 5월에 총 맞아 죽고 매 맞아 죽은 사람들 300여 명의 사진이 걸려 있다. 교복 차림 고등학생도 있고 웨딩드레스 차림의 신부도 있다. 손수레나 청소차에 실려온 주검들이다. 다들 사진틀을 깨뜨리고 세상으로 걸어나올 것처럼 생생하다.

"아아 광주여 무등산이여/죽음과 죽음을 뚫고 나가/백의의 옷자락을 펄럭이는/우리들의 영원한 청춘의 도시여"라고 광주 시인 김준태는 1980년 6월 2일자 전남매일 지면에서 통곡했다. 그 시를 발표하고 김준태와 편집국장 대리 문순태는 종적을 감추었다. 그때의 시인은 무등산을 부르며 통곡했고, 지금 신 묘역의 묘비명들도 무등산을 부르며 통곡하고 있다. 새 묘역에서 무등산은 지척이다. 광주에서, 그때의 피해자들은 저마다 자신의 상처를 자신의 혀로 핥으며 살아가고 있는 것처럼 보인다. 그때, 젊은 어머니 뱃속에 들어앉아 있다가 군홧발에 차였던 태아들이 다들 죽지 않고 이 세상에 나와 지금은 20살이 되었다.

이추자씨는 그때 임신 3개월인 신부였다. 집 안에서 총을 맞았다. 오른쪽 눈 밑을 총알이 뚫고 지나갔다. 병원에서 수술받던 도중에 폭도로 몰려 병원 지하실에 끌려가 군인들한테 매를 맞았다. 이추자씨는 그때 아무런 정치의식이 없었고, 그 상황이 무엇을 의미하는지도 몰랐다고 한다. 다만 태아를 보호하기 위해 몸을 동그랗게 꼬부리고 매를 맞았다. 기형아를 낳으면 안 된다는 생각뿐이었다고 한다. 군인들이 임신한 배를 구둣발로 찼고, 이씨는 여러 번 실신했다. 이 아이가 최효경이다. 광주여자대학교 무용과 2학년이다. 핸드폰에 코알라 인형을 씌워서 들고 다닌다. 이추자씨는 보험회사 외판원이지만 성격이 수줍어서 별 실적은 없다. 최효경양이 엄마보다 더 잘 번다. 최양은 학교가 끝나면 고속도로 광주 톨게이트 매표원으로 일한다. 최양은 한 달에 팔십만원쯤 벌어서 남동생 용돈까지 준다. 이추자씨는 효경이를 낳고 나서 얼굴에 기미가 심하게 끼었다. 임신중에 여러 번 총상 수술을 했고 그때마다 항생제를 썼기 때문이라고 한다. 지금도 이씨의 얼굴은 기미로 덮여 있다. 그래서 이씨는 화장을 두껍게 한다.

5·18 피해자라고 해서 남한테 초라하게 보이고 싶지 않다고 이씨는 말했다. "늘 단정하고 아름다운 여자로 보이고 싶다"면서 이씨는 딸을 끌어안고 웃었다.

유복난 할머니는 1980년 5월 27일 새벽 5시에 안방에서 총을 맞았다. 그때 대학생이던 셋째아들이 금남로에 나가서 쫓기던 청년 7명을 데리고 집으로 도망쳐왔다. 할머니는 군인들이 정권을 잡으려고 이 난리를 치는 것인 줄을 처음부터 알았다고 한다. 할머니는 청년들을 골방에 숨겨놓고 먹이고 재웠는데, 군인들이 이 청년들을 잡으러 들어와서 총을 난사했다. 유복난 할머니는 광주 대인시장에서 반찬 장사를 하고 있었다. 왼쪽 유방 밑으로 총알이 박혔다. 할머니는 그후로 장사를 할 수 없게 되었고, 지금까지 병석에 누워 있다. 할머니의 왼쪽 유방 밑에는 아직도 총알이 그대로 박혀 있다. 그 합병증으로 다른 여러 증세들이 도졌다. 총알을 빼려고 서울의 대학병원까지 갔으나 빼지 못했다. 워낙 민감한 부위에 총알이 박혀 있어서 외과뿐 아니라 여러 분야의 전문의 7~8명이 함께 수술에 참가해야 하는데, 병원에서는 이걸 못 하겠다고 하더란다. 여러 병원을 돌아다녔으나 모두 다 허사였다. 그래서 할머니는 네 아들을 젖 먹여 키운 유방 속에 총알을 지니고 산다. 그러니 몸을 제대로 움직일 수가 없다. 할머니는 총알을 품고 죽어야 할 모양이다. 의사는 어디에 있고, 정부는 어디에 있는가. 할머니가 돌아가시고 나면 그때는 총알을 빼내기가 수월할 것이다.

할머니가 총에 맞을 때, 할머니의 둘째손자가 태어났다. 이 아이가 김건군이다. 금년에 교원대학교에 입학했다. 할머니는 아픈 몸을 이끌고 입학식에 갔었다. 총에 맞은 이후로 그날이 가장 행복했었다고 할머니는 말했다. 할머니는 입학식장에서 손자의 볼을 비비며 울었다고 한다.

이세영씨는 1980년 5월 21일 오전 11시 도청 앞 시위 때 총을 맞았다. 지금은 목발을 짚고 다닌다. 이세영씨는 초등학교만 나와서 구두 만드는 기술을 배웠다. 이세영씨의 꿈은 구둣가게를 차려서 밥 안 굶고 사는 것이었다. 정치며 사회며 권력에 대해서 생각해본 적도 없다. 5월 18일에는 권투선수 박찬희의 타이틀 매치가 5회 KO로 끝나는 걸 보고 친구들을 만나러 거리에 나왔다가 행진하는 군인들을 보면서 "공수부대는 과연 멋지구나"라고 생각했다고 한다. 그러다가 군인들한테 붙잡혀서 무조건 두들겨맞았다. 맞고 나니까 도대체 왜 맞았는지를 알 수가 없더라는 것이다. 그래서 세상에 대한 그의 의문은 시작되었다. 군인들이 사람들을 마구 쏘아 죽이는 걸 보고 나서야, 저 자들을 저대로 내버려두어서는 안 되겠구나라는 생각이 비로소 들었다. 그는 도청으로 향하는 시위 대열에 끼어들었다. 복부에 총알 두 발을 맞았다. 척추가 관통되어 다리를 쓸 수가 없게 되었다. 몸을 쓸 수 없게 되자 구둣가게 꿈은 끝났다. 그는 불구가 된 몸으로 1990년에 결혼했다. 그의 아내는 전남대학교 국문과를 중퇴한 김길순씨다.

이들의 사랑은 광주에서는 어느 정도 유명한 로맨스다. "아내의 사랑에 기대서 산다"라고 이세영씨는 말했다. 이씨의 아내도 노동운동에 헌신했었다. 부부는 5·18 묘역 앞에다 작은 점포를 얻어서 꽃가게를 차렸다. 초등학교 다니는 남매를 두었다. 꽃가게에서 한 달에 백이십만원을 번다. "그만하면 견딜 만한 가난이다"라고 그는 말했다. 부부가 함께 가게에 나와 꽃을 다듬고 물을 준다. 망월동 묘지에 참배가는 사람들은 대개 이 가게에서 꽃을 산다.

5·18 민중항쟁 20주년을 맞는 광주에서는 비엔날레가 열리고 있다. 소설가 임철우의 장편소설 『봄날』이 연극으로 꾸며져 광주 공연을 앞두고 있고, 시인 황지우는 〈5월의 신부〉라는 시극詩劇을 무대에 올린다. 임철우는 이 시대의 용서와 화해가 가능한지를 고통스럽게 묻고 있고, 황지우는 치욕 속에서도 살아갈 수밖에 없는 산 자의 슬픔을 절규하고 있다. 삶은 소설이나 연극과는 많이 다르다. 삶 속에서는 언제나 밥과 사랑이 원한과 치욕보다 먼저다.

구둣가게 꿈 깨졌지만 사랑하는 법 배웠어요

목발을 짚고 꽃가게를 경영하는 총상 피해자 이세영씨와 나눈 대화는 다음과 같다.

"처음부터 그 사태에 대한 인식이 있었나?"

"전혀 없었다. 나는 그때 전두환이라는 이름조차 몰랐다. 나는 구둣가게를 갖는 것이 꿈이었다. 두들겨맞고 나서, 총에 맞고 나서, 이 사태가 무슨 사태인지를 알게 되었다."

"총을 쏘는 군인들을 향해 달려갈 때 무섭지 않았나?"

"너무나도 무서웠다. 너무나도 무서웠기 때문에, 그 무서움이 갑자기 분노로 바뀌었다. 그때 온몸이 떨렸다. 왜 우리나라 사람들이 우리나라 군인의 총에 맞아 죽어야 하는지를 지금도 알 수 없다."

"자녀들이 아버지의 목발에 대해서 묻지 않는가?"

"많은 의문을 가지고 있다. 아빠는 왜 목발을 짚느냐고 물어온다."

"그래서 뭐라고 대답했나?"

"옛날에 다쳤다고 대답했다."

"군인과 총에 대해서 아이들에게 말하지 않나?"

"말하지 않았다. 내 아이들이 군대 전체와 국가 권력 전체를 증오하게 되는 것이 두려워서 그런 말을 할 수가 없었다."

"자신의 목발을 보면 무슨 생각이 드는가?"

"깨어진 구둣가게 꿈이 생각난다. 그러나 이 목발 때문에 나는 세상과 이웃을 이해하고 사랑할 수 있게 되었다."

"용서와 화해는 불가능한가?"

"그게 무슨 말인지를 모르겠다. 가해자들은 아무도 용서를 구하지 않았고 화해를 요청하지도 않았다. 개인의 심정으로는 만일 용서를 빌어온다면 부둥켜안고 통곡하고 싶다. 그러나 그런 일이란 없었다."

그리운 것들 쪽으로
선암사

술을 억수로 마신 다음 날 아침에 누는 똥은 불우하다. 똥이 항문을 가득히 밀고 내려가지 못하고, 가락국수처럼 비실비실 새어나온다. 똥이 똥다운 활력을 잃고 기신거리면서 툭툭 끊긴다. 이것은 똥도 아니다. 삶의 비애는 창자 속에 있었다. 이런 똥은 단말마적인 악취를 풍긴다. 똥의 그 풍요한 넉넉함이 없이, 이 덜 썩은 똥냄새는 비수처럼 날카롭게 주인을 찌른다.

간밤의 그 미칠 듯한 슬픔과 미움과 무질서와 악다구니 속에서, 그래도 배가 고파서 집어먹은 두부김치며 낙지국수며 곱창구이가 똥의 원만한 조화에 도달하지 못한 채, 반쯤 삭아서 가늘게 새어나오고 있다. 이런 똥의 냄새는 통합성이 없다. 덜 삭은 온갖 재료들이 저마다 제각기 덜 삭은 비명을 질러댄다. 그래서 이런 똥의 냄새는 계통이 없는 아우성이다. 육신을 통과하면서 육신을 먹여주고 쓰다듬어주며 나온 똥이 아니라 육신과 싸우고 나온 똥이다. 삶은 영위되지 않고, 삶은 살아지지 않는다. 이 악취는 영위되지 않는 삶의 비애의 냄새인 것이다. 이것은 날똥이다. 날똥을 들여다보면 눈물이 난다. 이 눈물은 미칠 듯한 비애의 눈물이다. 날똥 새어나오는 아침의 화장실에서 나는 때때로 처자식 몰래 울었다.

날똥이여, 우리는 어디로 가고 있는가. 세월이여 청춘이여 조국이여, 모든 것은 결국 날똥이 되어 가락국수처럼 비실비실 새어나가는 것인가. 50살 넘어서 누는 날똥은 눈물보다 서럽다.

선암사 화장실은 배설의 낙원이다. 전남 승주 지방을 여행하는 사람들아, 똥이 마려우면 참았다가 좀 멀더라도 선암사 화장실에 가서 누도록 하라. 여기서 똥을 누어보면 비로소 인간과 똥의 관계가 어떠해야 하는지를 알 수가 있다.

선암사 화장실은 300년이 넘은 건축물이다. 아마도 이 화장실은 인류가 똥오줌을 처리한 역사 속에서 가장 빛나는 금자탑일 것이다. 화장실 안은 사방에서 바람이 통해서 서늘하고 햇빛이 들어와서 양명陽明하다. 남자 칸과 여자 칸은, 서양 수세식 변소처럼 철벽으로 가로막힌 것이 아니라, 같은 건물 안에서 적당한 거리로 떨어져 있다. 화장실의 남녀 칸을 철벽으로 막아놓은 것이 문명이 아니다. 화장실 남녀 칸의 관계가 어떠해야 하는지는 선암사 화장실에 정답이 있다. 그것은 자연스럽게 떨어져 있어야 하는 것이다.

선암사 화장실 내부

화장실은 늘 서늘하고 밝고 냄새가 거의 없다.
창살 밖으로, 오가는 사람도 보이고 산천도 보인다.
자연과 계절이 화장실 안에까지 들어와 있다.

선암사 화장실 내부의 게시문

이럴 수만, 이럴 수만 있다면 얼마나 좋으랴.
대소변을 누듯 망집의 욕망도 훌훌 우리 몸 밖으로 내던질 수 있다면.

선암사 화장실은 변소의 칸막이 담이 높지 않다. 쭈그리고 앉는 사람의 머리통이 밖에서 보인다. 똥을 누는 일은 드러내놓고 할 수 있는 일은 아니지만, 그렇다고 해서 아파트 변소처럼 감옥 같은 공간에 갇혀서 해야 할 일도 아닐 성싶다. 똥을 누는 것은, 배설물을 밖으로 내보내는, 자유와 해방의 행위다. 거기에는 서늘함과 홀가분함이 있어야 한다. 선암사 화장실은 이 자유의 낙원인 것이다. 이 화장실에 앉으면 창살 사이로 꽃 핀 매화나무며 눈 덮인 겨울 숲이 보인다. 화장실 위치는 높아서 변소에 앉은 사람은 밖을 내다볼 수 있지만, 밖에 있는 사람은 안을 들여다볼 수 없다.

똥을 안 눌 때 똥누는 사람을 보는 일은 혐오스럽지만, 똥을 누면서 창살 밖으로 걸어다니는 사람들을 바라보는 일은 계면쩍고도 즐겁다. 이 즐거움 속에서 배설행위는 겸손해진다. 햇빛은 창살을 통해서 화장실 안으로 들어온다. 빛은 굴절되어서, 화장실 안에는 직사광선이 들어오지 않고 늘 어둑어둑하면서도 그늘이 없다. 바람이 엉덩이 밑을 스치고 지나간다. 그래서 엉덩이가 허공에 뜬 것처럼 상쾌하다. 똥을 누기가 미안할 정도로 행복한 공간이다.

이 화장실에서도, 심하지는 않지만 냄새가 조금 나기는 난다. 이 냄새는 역겹지 않다. 이 냄새에는 잘 처리된 배설물의 은은함이 있다. 건강한 몸이 음식물을 아름답게 처리해내듯이 이 놀라운 화장실은 인간의 몸 밖으로 나온 똥을 다시 아름답게 처리해낸다. 그것은 수세식 변소처럼 물로 씻어서 강물로 흘려보내는 것이 아니라, 똥으로 하여금 스스로 삭게 해서 똥의 운명을 완성시켜준다. 화장실 밑에는 나무 탄 재와 짚을 늘 넉넉히 넣어두어서, 배설물들은 이 두엄더미 속에서 삭으면서 오래된 것들의 오래된 냄새를 풍긴다. 이 냄새는 풍요하고, 이 냄새는 사람을 찌르지 않는다. 똥누는 모습과 똥을 처리하는 방식과 똥의 냄새는 마땅히 저러해야 하리라.

선암사 화장실에서 나는 잃어버린 삶의 경건성과 삶의 자유로움과 삶의 서늘함을 생각하면서 혼자서 눈물겨웠다. 아, 그리운 것들은 아직도 죽지 않고 살아 있었구나. 그러니 그리운 것들이 살아 있는 동안에 그리운 것들을 향해서 가자. 가자. 가자. 무릎걸음으로 기어서라도 기어이 가자. 그것들이 살아 있는 한, 내 마침내 그곳에 닿을 수 없다 하더라도 내 사랑은 불우하지 않으리.

사랑이여, 쓸쓸한 세월이여, 내세에는 선암사 화장실에서 만나자.

인간의 마을로 내려온 미륵의 손

안성 돌미륵

　안성시 아양동 아양 주공아파트 뒤쪽 공터에는 풀밭 위에 고려 초기의 미륵불 한 쌍이 모셔져 있다. 울타리가 쳐지고 석상 위에 늘 촛불이 켜져 있다. 아파트가 들어서기 전에 아양동 일대는 넓은 평야였다. 천년이 넘는 세월 동안 이 농경지를 지키고 서 있는 미륵불은 아직도 주민들의 사랑을 받고 있다. 안성은 미륵의 땅이다. 농경지 한복판이나 지방도로에 인접한 공터나 마을 어귀 정자나무 그늘이나 산속 오솔길 옆이나 도심지 아파트 뒤편 공터에서 흔히 미륵불을 만날 수 있다. 모두가 고려 초기의 석상들로, 천년 이상 그 자리에서 백성들과 함께 살아왔다.

　미륵은 석가모니불이 입멸한 후 억겁의 세월이 지나면 부처로서 인간세에 내려오는 약속의 부처이다. 미륵이 성불하여 세상으로 내려오면

이 세상은 뺏고 빼앗기거나 밟고 밟히는 일이 없는 용화세계龍華世界를 이루리라 하였는데 아직 성불하지 못한 미륵은 도솔천에서 수행중이다.

미래의 부처이며 미완의 부처인 미륵이 안성의 들판에서는 현재의 부처이며 논두렁이나 밭고랑 옆의 부처이다. 그 땅에서 오랜 삶을 영위해온 백성들은 미륵이 오시는 억겁의 미래를 손놓고 기다릴 수만은 없었고 그래서 그 헤아릴 수 없이 아득한 미래를 돌에 새겨서 현재의 논두렁 위에 세워놓았다. 그 백성들의 마음속에서 미륵이 이루어내는 용화세계는 기약 없는 미래가 아니라 지금 이곳에서 시급히 실현되어야 하는 절박한 꿈이었다.

안성 들판 여기저기서 만날 수 있는 미륵불들은 안성 청룡사의 남사당, 그리고 소설『장길산』에 나오는 청룡사의 운부대사, 칠장사의 임꺽정 이야기, 안성 장터의 왁자지껄한 활기와 겹쳐지면서 민중적 저항과 동경을 안성의 토착 정서로 떠오르게 한다.

안성시 아양동의 오래된 이름은 아롱개마을이다. 아마도 햇빛에 아롱거리며 흘러가는 한 줄기 실개천을 그 지역 주민들이 알뜰히도 편애하였던 모양이다. 천여 년 전, 고려의 농경마을 아롱개의 논밭 위에 세워진 이 미륵불 한 쌍은 지금도 같은 자리에서 아파트 단지를 배경으로 서 있다. 억겁의 세월을 기다려야 온다는 미륵의 얼굴에 석양이 비칠 때 공을 차던 아이들이 집으로 돌아가고 아파트 유리창에 불이 켜진다.

왼쪽이 여성이고 오른쪽이 남성인 것처럼 보이는데, 왼쪽 미륵은 긴 목에 윤곽이 뚜렷하고 오른쪽 미륵은 목이 없이 어깨와 머리가 맞붙어 있다. 마을 사람들은 왼쪽 미륵을 할머니, 오른쪽 미륵을 할아버지라고 부른다. 할머니, 할아버지는 가슴까지 들어올린 손바닥을 중생을 향해 펼쳐 보이고 있다. 불상이 펼쳐 보이는 손의 여러 모습을 수인手印이라고 하는데, 수인은 부처의 깨달음과 서원을 손바닥으로 펼쳐 보인다. 수인이 보여주는 손가락과 손바닥의 모습들은 무릇 포즈가 이루어내는 아름다움의 절정이다. 수인은 양식화되고 추상화된 깨달음의 상징물일 터인데, 돌에 새겨진 그 상징이 추상을 넘어설 수 있게 되는 까닭은 손바닥과 손가락이 인간 몸의 일부이기 때문일 것이고 손이 쓰다듬고, 어루만지고, 닦아주고, 먹여주고, 안아주고, 남을 손짓해 부르고, 남을 가리키는 사랑의 몸이기 때문일 것이다. 그래서 부처의 손은 포즈의 위태로운 절정을 이룬다. 부처의 손은 그 내면의 평정이고, 지혜의 극점이고, 유혹의 안테나이며, 교신의 항구이다.

아양동 미륵불의 손은 어떠한 수인이라고 할 수도 없이 투박하고 넓적하다. 고려의 농촌마을로 내려온 미륵은 권세 높은 사찰의 불상들이 누리는 모든 장식과 비례를 벗어버리고 기다림을 포기할 수 없는 백성들의 간절함만으로도 무덤덤하고 친근하다.

아양동 미륵불의 손은 손바닥인지 손등인지조차 구별할 수 없이 거친데, 그 손은 들일로 한 생애를 다 보낸 사람들의 거칠고 또 자애로운 손의 질감을 드러내 보인다. 일제 강점기의 어느 해 홍수에 이 미

안성 아양동의 고려 돌미륵 뒤로 대단위 아파트가 들어섰다.
이 미륵은 아직도 주민들의 극진한 섬김을 받는다.
돌미륵 얼굴에 석양이 비치면 공을 차던 아이들은 집으로 돌아간다.

륵불은 물에 밀려 쓰러졌다. 진흙에 처박힌 미륵불은 주민들의 꿈에 현몽해서 고통을 호소했고, 주민들은 두레 쌀로 공사비를 마련해서 미륵을 제자리에 일으켜세웠다고 안내판은 전한다. 미륵과 사람이 서로 부축하면서 그 들에서 살아왔다. 아양동 미륵은 사람 사는 들판을 향해서 그 거칠고 투박한 자애의 손길을 내밀고 있다.

산길 옆의 미륵, 마을 어구의 미륵

안성시 삼죽면 기솔리 국사봉 중턱에도 높이 5미터 정도의 키 큰 미륵 한 쌍이 들판을 내려다보고 있다. 마을에 자전거를 맡겨놓고 걸어서 올라가야 한다. 고려 초기의 미륵불인데, 이 미륵불과 관련된 사찰의 흔적이나 기록은 없다. 지금의 쌍미륵사는 후대에 들어선 절이다. 고려 초기부터 이 미륵불 한 쌍은 절도 없고 인적도 없는 산길 옆에서 인간의 마을을 굽어보고 있다. 얼굴은 사각형에 가깝고 좁은 어깨는 각이 져 있고 체구에는 중량감이 별로 없어 지방화된 불상 양식의 전형을 보여준다. 남쪽 불상이 여성이고, 북쪽 불상이 남성인 것처럼 보인다. 목에는 삼도三道의 세 줄이 굵고 선명하다. 삼도는 미혹한 생존을 끝없이 되풀이하는 중생의 고통이다. 이치와 현상에 대한 미혹이 번뇌도煩惱道이고, 번뇌가 가져오는 그릇된 언행과 생각이 업도業道이며, 업도의 과오로 겪어야 하는 괴로움이 고도苦道이다. 미망과 고통은 서로 손짓해 부르고, 부르면 달려온다.

기솔리 쌍미륵은 그 삼도의 고통을 새끼줄처럼 굵게 목에 감고 있는데, 그 목 위로 솟아오른 얼굴은 장중한 위엄으로 늠름하다. 미륵은 고통의 끈을 목에 감고 당당하다. 미륵은 부처이며 또 중생인 것이다. 이 장중한 머리 위로 미륵은 얇은 자연석 한 조각을 갓처럼 쓰고 있다. 이 갓은 위엄이 가득 찬 미륵의 표정에 한바탕의 폭소를 일으킬 만한 유머를 몰아준다. 백성들의 미륵은 부처인 동시에 중생이며 권위인 동시에 웃음인 것이다. 고려시대를 안성 땅 삼죽마을에서 살았던 사람들은 마을을 내려다보는 산비탈에 이 미륵불을 세웠다. 그리고 그들은 미륵이 내려다보는 마을에서의 고난을 또한 살아냈다. 기솔리 미륵은 천년의 돌옷을 뒤집어쓴 채 인간의 마을을 굽어본다. 기솔리 산속 쌍미륵 앞에서는 인간의 꿈과 인간의 마을이 마주 보고 있다.

　고삼저수지 남쪽 대농리마을의 미륵은 마을 어귀의 정자나무 그늘에 앉아 있다. 대농리 미륵은 부처가 아니라 주민의 한 사람처럼 보인다. 사람들의 손길에 닳아서 콧잔등이 반들반들해졌지만 미륵은 천년의 풍화를 겨우 견디어내고 있다. 세월이 윤곽을 풀어헤쳐서 미륵은 천년의 저편으로 사라져가는 듯하다. 세월 속으로 불려가는 그 희미한 윤곽은 천년의 저쪽에서 이쪽을 내다본다. 대농리 미륵은 아주 먼 곳에서 다가오고 있는 느낌을 준다. 미륵불 앞쪽으로 잘 자란 소나무숲이 우거졌고, 사람들이 모여서 놀고, 쉬고, 이야기하는 정자나무 그늘 밑에 미륵은 늙은 주민의 표정으로 앉아 있다. 얼굴과 몸의 비례

안성 기슭리 산길 옆에 세워진 이 고려 돌마륵은 산 아래 마을을 향해 손길을 보내고 있다.
미륵의 손은 투박해서 수인(手印)이라고 하기도 어렵지만 그 손은 쓰다듬고 어루만지는 손길이다.

는 깨어지고 늘어진 귀가 어깨에까지 닿았으나 손에는 중생의 병을 치유하는 약병을 들고 있어 미륵은 사람들의 소원을 모두 받아들일 만했다. 나무 그늘 밑의 미륵은 시원하고 편안해 보였다.

중생의 두려움과 근심을 씻어주는 손길

안성시 죽산면 매산리의 국도 변에도 고려시대의 미륵불이 오가는 자동차들을 내려다보고 있다. 키가 4미터에 달하는 큰 불상이다. 반쯤 다듬다 그만둔 자연석을 주춧돌로 삼아 지붕을 덮었다. 미륵불이 있는 자리에 옛 절이 있었다는데, 자취는 남아 있지 않다. 그 절터에서 나온 지석이 전하는 바에 따르면 이 사라진 절은 신라 혜공왕 2년766에 방서芳序, 영문令門이라는 두 승려와 박朴씨가 창건했다. 그후 227년 뒤인 고려 성종 12년993에 이 탑을 보수했다. 보수한 사람도 박씨라고 하니 이 절은 박씨 문중의 원찰이었던가 싶다. 이 절과 경계를 잇닿아서 봉업사奉業寺라는 절이 있었다. 봉업사는 고려 태조 왕건의 영정을 모셨던 큰 절이었다. 1361년에 왕도까지 쳐들어온 홍건적을 피해 안동으로 파천했던 공민왕이 귀경길에 이 절에 들러서 태조의 영정에 참배했다는 기록이『고려사』에 보인다. 봉업사는 폐사되었고 그 절터에 남아 있던 석불입상 1기는 지금은 칠장사에 보관되어 있다.

절터의 내력이 이러하나 지금은 길이 뚫리고 건물들이 들어서서 그 땅의 신령을 찾을 길 없는데, 그 터에 미륵불 1기가 남아서 자동차 매연을 뒤집어쓰고 있다. 미륵은 자동차가 질주하는 도로를 향해 시무외

인施無畏印의 손바닥을 펼쳐보이고 있다. 다섯 손가락을 가지런히 편 손바닥을 내보여 중생의 두려움과 근심을 씻어주는 손길이다. 도솔천에서 수행중인 미래의 부처 미륵은 안성 들판의 여러 마을에 내려와 흙 속에 뿌리를 묻고 박혀 있다. 그리고 불경 속의 미륵은 여전히 도솔천에서 수행중이다. 중생의 기다림은 끝이 없고 단념이 없다.

얼굴, 그 안과 밖에 대한 명상

광주 얼굴박물관

경기도 광주시 남종면 분원리는 남한강이 팔당호를 향해 둥글게 굽이치는 마을이다. 산은 낮고 들은 넓고, 멀지도 가깝지도 않은 물이 마을을 내외하듯이 돌아나간다. 산이 비켜나가는 자리가 들이고 들이 끝나는 자리가 산이고 산과 들이 함께 낮아지는 곳이 물이다.

조선 백자 도요지들이 곳곳에 흩어져 있는 이 마을에 2004년 5월 '얼굴박물관'이 문을 열었다. 얼굴박물관은 원로 연극인 김정옥씨가 지난 40여 년간 수집한 인간의 표정들을 보여준다. 석인石人과 목각, 가면, 유리인형, 와당 초상화 천여 점이 야외 공간이나 실내에 전시되어 있다. 사람의 얼굴뿐만 아니라 원숭이, 호랑이, 말도 있다.

이 박물관에서는 수많은 얼굴 표정들과 만날 수 있다. 그 얼굴 표정들은 자신의 안쪽을 들여다보기도 하고 또는 바깥을 내다보고 있기도 한데 모두 말을 걸어올 듯이 살아 있다. 표정들은 모두 저마다의 내면을 드러내고 있지만, 그 많은 표정들은 결국 인간의 얼굴이라는 동일한 마당으로 모여든다.

얼굴이야말로 살아 있는 인간의 몸과 살아서 작동되는 마음이 만나서 빚어지는 또하나의 완벽한 자연이라는 것을 이 박물관에서 알 수 있다. 자전거를 타고 팔당호수 둘레를 달리다가 나는 이 박물관에서 멈추고 한나절을 보냈다. 얼굴은 그 표정으로써 나에게 말을 걸어왔는데, 나는 말로써가 아니라 표정으로써만 그 표정들에 응답할 수 있었다. 나는 그 얼굴들의 표정과 나의 표정 사이를 말로써 건너가고 싶었다. 그래서 나는 이 박물관에서 아무런 말도 확보하지 못한 채 바쁘기만 바빴다. 표정들은 전할 수 없는, 그러나 분명히 들려오는 목소리로 말을 걸어왔다.

그 얼굴들은 모두 이 세계가 인간의 얼굴을 닮기를 기원하는 얼굴들이었다. 인간 쪽으로 돌아서지 않은 이 세계를 향해서 이쪽으로 돌아오라고 미소지으며 유혹하는 얼굴이었다. 그리고 그 얼굴들은 그리움이나 결핍의 간절함을 드러낼 때도 그 그리움으로써 자족한 풍경을 빚어내고 있었다. 얼굴은 인간의 빛인데, 이 빛은 세계의 어둠을 비추는 빛이다.

제주도 무당들의 노래들은 천지창조의 내력을 기나긴 사설로 읊어댄다. 그 노래 속에서 인간의 얼굴은 세계의 빛의 기원이다.

인간의 얼굴은 세계의 얼굴이다. 얼굴의 세계, 여럿이며 하나.
제주 서사무가에 따르면 얼굴은 세계의 빛이다.

태초에는 해도 달도 없어서 세상은 캄캄했다. 인간들은 캄캄해서 천지를 분간할 수 없었다. 남방국 일월궁에서 청의동자가 태어났다. 청의동자는 앞이마에 눈이 두 개, 뒤이마에 또 눈이 두 개 달려 있었다. 옥황상제의 수문장이 지상으로 내려와 청의동자의 눈을 취하여 축수하니 청의동자의 눈이 하늘로 올라가 해가 되고 달이 되었다. 세상은 비로소 밝아졌다.

이 서사무가는, 세계의 빛의 기원은 인간의 눈동자라고 말한다. 인간의 눈빛이 세계의 빛이 되었다. 눈은 빛이 있어야 세계를 보는데 이세계에 빛을 보내주는 것도 또한 인간의 눈빛이다. 그래서 눈은 보는 동시에 '본다'라는 생명현상의 바탕을 스스로 만들어낸다. 눈은 세상을 들여다볼 수 있는 빛의 조건들을 스스로 만들어가면서 세상을 본다. 그래서 인간이 세상을 '본다'는 행위는 눈과 눈이 서로 마주 보는 행위라고, 제주도의 서사무가는 노래한다. 제주무가 속에서 인간은 이 세계가 인간의 얼굴 표정을 닮기를 기원하고 있고, 인간의 빛이 세계를 밝히고, 세계를 밝히는 인간의 빛 속에서 인간이 세계를 볼 수있게 되는 것이라고 노래한다. 아침에 뜨는 해와 저녁에 뜨는 달이 모두 인간의 눈빛이며 그 눈빛이 세상의 어둠을 걷어내는 힘이다!

"빛이 있으라" 하니 빛이 생겼다는 성경의 창세기보다도 제주무가는 훨씬 덜 종교적이지만 훨씬 더 인간의 쪽에 가깝다. 이 세계는 인간의 눈빛이 밝혀주는 세계라는 그 노래는 인간의 얼굴이 세계를 향하여 드러내 보이는 모든 표정의 의미를 함축한다.

얼굴박물관에 전시된 얼굴들은 드러난 표정인 동시에 내면의 풍경이다. 드러남과 감추어짐이 일치할 때 얼굴은 하나의 자연에 도달한다. 이 자연은 겉과 속, 나와 내 밖의 세계를 연결시킴으로써 운명의 힘을 느끼게 한다. 명리학이 인간의 얼굴에서 전생의 흔적과 운명의 암시를 감지할 수 있는 까닭도 이 얼굴의 자연성에 있을 것이다. 얼굴의 자연성은 필연인 동시에, 그 필연과 더불어 조화로운 자유를 느끼게 한다. 어떤 얼굴은 자신의 안을 들여다보고 있는데, 안을 들여다보는 그 얼굴은 보는 사람의 시선을 얼굴의 안쪽으로 끌고 들어간다. 그때 보이는 것은 얼굴의 표정이 매개해주는 얼굴의 내면이다. 또 어떤 얼굴은 바깥쪽 세상을 내다보고 있는데, 그 얼굴의 시선은 바라보는 자의 안쪽으로 넘어들어와서, 바라보는 자는 자신의 안쪽을 들여다보게 된다. 그때 보이는 것은 그 얼굴의 표정이 열어젖혀주는 자신의 내면이다. 그래서 얼굴들의 표정을 들여다보면서 나는 나의 표정으로 거기에 응답한다. 얼굴은 저 자신의 내면을 드러내지만, 그 드러냄으로써 타인과 교신하고 타인을 영접하고 타인과 소통한다. 얼굴은 언어인데 이 언어는 말과 관련이 있는 것이 아니라 몸과 마음으로 살아가는 생애의 표현물이다. 그러므로 표정에 관하여 말하려는 말은 말에 미달할 것이다.

밖을 향한 안의 풍경
얼굴은 내면의 풍경이고 외계로 향한 창구다.
얼굴의 언어는 말의 언어가 아니라 몸과 마음의 언어이다.

영혼의 언어

유소劉劭는 중국의 전국시대에 조조曹操의 막하였다. 그는 지휘형이라기보다는 관리형 참모였다. 그의 저서 『인물지』가 후세에 전한다. 영웅이 할거하고 인재가 명멸하던 난세에 인물을 골라내서 기용하던 그의 분별력이 이 『인물지』에 보인다. 그는 인간의 감추어진 자질은 그 얼굴에 드러난다고 보았다.

……낯빛이 겉으로 드러난 것을 신기가 발현되었다徵神고 하는데, 신기가 발현되어 외모로 드러나면 마음의 본모습이 눈빛에 나타난다. 그러므로 어진 이의 눈빛은 삼가는 듯 단아하고, 용감한 사람의 눈빛은 타오르듯 강렬하다.

……용모의 움직임은 심기心氣에서 나오는데, 심기의 징험은 말소리의 변화에서 볼 수 있다. 기가 모여 소리를 이루고, 소리는 음률에 상응하게 된다. 이에 따라, 화락하고 평온한 소리, 맑고 화창한 소리, 여운이 길게 늘어지는 소리가 있게 된다. 말소리와 심기가 맞아떨어지면, 속마음이 용모와 안색에 드러나기 마련이다. 그러므로 진실로 인자하다면 반드시 온유한 낯빛이 있게 되며, 진실로 용감하다면 반드시 용맹스럽고 과단성 있는 낯빛이 있게 되며, 진실로 지혜롭다면 명석하고 통찰력 있는 낯빛이 있게 마련이다.(유소, 『인물지』)

유소의 글에서, 얼굴빛은 덕성의 신체적 표출이며 얼굴빛을 통해 표출된 덕성은 감성적 직관으로 해독할 수 있는 것이다. 유소의 글은 난세에 인물을 가려서 써야 하는 사람의 긴장된 관찰을 느끼게 하지만 얼굴박물관에 전시된 얼굴들은 등용이나 평가와는 아무런 관련도 없는 자족한 내면의 세계를 보여준다. 어떤 얼굴은 평온한 조화 속에 잠겨서 웃고 있고, 또 어떤 얼굴은 완강한 자의식을 드러내 보인다. 소박한 내면의 기쁨을 단출하게 드러내는 얼굴도 있고, 삶에 대한 경건성을 무거움이 아니라 오히려 가벼움으로 표출해내는 얼굴도 있다. 그 얼굴들은 샤머니즘이나 초월의 길로 나아가지 않고 인간이 사는 땅 위의 길과 마음의 길로 걸어가는 자들의 표정이다. 서산마애삼존불은 종교적 신성을 대부분 털어버리고 생로병사를 수용하는 인간의 현세성을 그 주된 표정으로 삼고 있다. 그래서 서산마애삼존불은 신성에서 속성으로 그리고 속성에서 신성으로 가는 양쪽의 통로를 모두 열어놓은 표정이다.

얼굴박물관의 얼굴들은 자신으로부터 세계로, 그리고 타인의 표정을 이끌고 자신의 내면으로 들어가는 양쪽 통로 사이에서 풍경을 이룬다. 그 표정들 속에서 몸과 사유는 구별되지 않고, 대척되지 않는다. 사유는 몸으로 드러나고 몸은 사유의 집이다. 그 합일이 표정이라는 풍경을 이룬다.

다시는 거울을 들여다보지 말자고 나는 그 얼굴박물관에서 다짐했다. 내 얼굴과 표정은 나 자신의 불가피한 드러남일 테지만 이 드러남은 나의 자연현상인 것이어서 나 자신이 그것을 들여다보아야 할 까닭은 전혀 없을 것이다. 내 얼굴은 나에게 보일 필요가 없는 자연현상으로서 홀로 고요히 하나의 풍경을 이루고, 그 풍경에 세상의 풍경이 비치고, 이 비침을 통해 나는 세상과 소통할 수 있을 것이다. 얼굴박물관의 얼굴들은 거울을 들여다보지 않는다.

권력화되지 않은 유통의 풍경

모란시장

성남 모란시장은 대도시 한복판의 민속 5일장이다. 모란시장은 유통과 교역의 자연스런 질서를 보여준다. 그 질서는 약간의 무질서를 방치하는 질서인데, 모란시장의 무질서는 질서 속으로 편안하게 수용되고 질서는 무질서를 용인함으로써 유통의 풍경은 왁자지껄하다.

자본주의적 대량유통의 특징은 재화의 흐름을 관리하는 기능이 권력화되어 있다는 점이다. 유통은 생산과 소비 사이에 끼여서 그 양쪽을 연결시키는 작용일 뿐 아니라, 끼면서 그 양쪽 위에 군림한다. 생산과 소비 사이에 간격이 클수록 유통의 이윤은 더욱 커진다. 유통은 생산보다도 민첩하고 소비를 향하여 소비를 이끈다. 생산과 소비 사이의 간격은 유통이 거두어가는 이윤의 밭이지만 그 간격에 숨어 있는 위험을 유통은 생산과 소비 양쪽으로 재빨리 전가시킨다. 유통의

모란시장은 권력화되지 않은 유통의 활기를 보여준다.
1970년대의 도시화의 그늘 속에서 주민들의 자활노력으로 개척된 이 시장이
지금은 전국 최대 규모의 5일장으로 성장했다.
잡다하고 어수선한 것이 이 시장의 힘이다.

권력은 제1차 산업의 생산물에 대해서 더욱 지배적인데 농업과 어업에서 생산은 노동이고 유통은 권력이다.

모란시장이 보여주는 유통의 풍경은 권력화되지 않은 교역의 모습이다. 모란시장의 유통은 생산과 소비 양쪽에 대해서 대등하고 그 대등함으로 유통의 활력을 삼는다. 모란시장은 언제나 시끌벅적하고, 잡다하고, 냄새나고, 교역의 신명으로 넘쳐난다.

전국 산지의 식용견, 애완견, 염소, 닭, 오리, 화훼, 고추, 깨, 마늘, 채소 그리고 이름과 용도를 알 수 없는 재래종 곡식과 씨앗 들이 생산지로부터 직접 이 시장으로 모여든다. 대형트럭을 몰고 오는 수집상들도 있지만 시장 안에 좌판을 가진 영세상인들도 누구나 자신이 선택하는 품목으로 장사를 할 수 있다. 이 시장에서 다시 물건을 받아가는 상인들은 빈 트럭을 몰고 온다. 파는 사람과 사는 사람 들이 각지에서 모여들어 모란시장의 상권은 전국에 미친다. 도매와 소매가 같은 시장 안에서 이루어져서 "없는 것이 없다"고 할 정도로 품목은 다양하고 값은 싸다.

여름에 모란시장으로 몰려드는 식용견들과 그 거래의 모습은 한국 사회에서 개와 인간이 빚어내는 풍경의 장관이다. 모란시장은 날짜의 끝자리 수가 4와 9로 끝나는 날 열리는 5일장인데, 식용견은 도매 물량이 많아서 정규 장날에 판을 벌이지 못하고 하루 전날에 따로 열린다. 개만을 도매하는 이 판을 상인들은 '개판'이라고 부른다. '개판' 날이 되면 전국의 개 목장에서 사육된 식용견들은 모란시장으로 끌려온다. 식용견들은 모두 '누렁이'라고 불리는 잡종견인데 살찌고 동작은 굼떠 보인다. 개들은 개별적 표정으로 식별되지 않고 '식용견'이라는 종자 전체의 일반적 특징으로 다가온다. 눈이 크고 귀가 늘어졌고 수놈들도 엉덩이가 발달해 있다. 식용견의 눈에서는 외계를 경계하는 긴장이 느껴지지 않는다. 식용견의 눈빛은 순하고 초점이 분명치 않아서 개가 어느 방향을 주시하고 있는지 가늠하기 어렵다.

이 식용견들은 이십여 마리씩 철망에 갇혀서 5톤 트럭에 실려서 온다. 5톤 트럭 적재함에는 이십 마리씩 가둔 개 철망이 4단 높이로 실려 있다. 여름 성수기에 5톤 트럭에 4단으로 실려온 식용견의 도매가격은 오억여 원에 달한다고 바쁜 개 상인들은 말했다. 개 오억원어치를 실은 트럭들은 아침부터 줄지어 모란시장으로 들어온다. 여름에는 '개판'날마다 개 트럭 100~120대가 모여든다. 개를 사가려는 중간상, 보신탕집 주인들도 이 시장으로 몰려든다. 파는 사람이나 사는 사람들이 모두 다 전문가들이어서, 거래에는 많은 시간이 걸리지 않고 시비도 벌어지지 않는다.

이 개들은 외지상인들이 사가거나 시장 안에 고정 점포를 차린 중간상인들이 산다. 삶은 개 다리를 한 쪽씩 사가는 소매도 이루어진다. 시장 안 중간상인들에게 넘겨진 개들은 최종 수요자에게 다시 팔려가기 전까지 철망 안에 갇혀서 마지막 며칠을 견딘다.

철망 안에서 개들은 몸을 포개고 뒤엉켜 있다. 개들은 혀를 빼물고 헐떡거리면서 그 며칠을 견디어낸다. 견디지 않으면 무슨 도리가 있

엿을 파는 모란시장의 예인
모란시장의 예인들은 노래를 불러 손님을 모아놓고 엿을 판다.
그들은 격렬한 박자의 몸놀림을 보여준다.
이들은 회갑연이나 지방 민속축제에도 나간다.

겠는가. 철망 안에서 개들은 서로 물어뜯고 싸우기도 하고 수놈이 암 놈의 사타구니에 코를 들이대고 킁킁거린다. 맨 밑에 깔려서 모든 것을 포기하고 잠이 든 개들도 있다. 잠들었던 개가 갑자기 몸을 솟구치며 일어나 목덜미 털을 곤두세우며 옆의 개를 물어뜯고 물린 개는 또 딴 개를 물어뜯는다. 한바탕 엎치락뒤치락 물고 물리는 북새통이 끝나면 다시 밑에 깔리는 개는 혀를 빼물고 잠을 청한다. 물어도, 물려도, 짖어도, 뒹굴어도, 흘레를 붙어도, 잠을 청해도, 철망 밖을 하염없이 내다보아도…… 마지막 날은 정확히 다가온다. 이따금씩 상점 주인은 고무호스로 개들에게 수돗물을 끼얹어 개들의 더위를 위로해준다.

철망 안은 개들의 지옥인 듯싶은데, 모란시장에서 이 지옥은 본래 그러해서 어쩔 수 없고 손댈 수 없는 지옥처럼 보인다. 인간의 현실이 천국도 아니고 지옥도 아니듯이 개들의 현실도 천국이나 지옥은 아니다. 개들에게는 개들의 생로병사가 있을 것이고 개들의 생로병사가 인간의 생로병사와 합쳐져서 개의 몸은 인간의 똥이 되는 것이리라. 여름 모란시장에서 개들의 대규모 생로병사는 인간의 유통질서에 실려서 숨막히게 뜨겁다. 이따금씩 동물애호가협회 사람들이 "동물을 학대 말라"라는 플래카드를 들고 시장 입구에 몰려와 확성기로 구호를 외쳐대기도 하지만 철망 안에서 짖어대는 개의 비명과 확성기의 구호 소리가 뒤섞이면서 모란시장의 풍경은 절정을 이룬다.

애완견 시장은 식용견 시장 맞은편 좌판이다. 몰티즈, 치와와, 요크셔테리어 같은 덩치가 작은 애완견들과 시베리아허스키, 말라뮤

트, 그레이트데인처럼 덩치가 큰 개들이 서로 다른 우리에 분리되어 있다. 애완견에도 유행이 있다. 한 종류의 애완견이 널리 퍼지면 개를 좋아하는 사람들은 유행이 아닌 특이한 종자를 찾는다. 요즘에는 시추, 코커스패니얼, 비글 같은 종자의 인기가 높아지고 있다. 모란시장의 애완견상가는 이처럼 유동적인 개들의 인기 흐름에 민감하게 연동되어 있다.

애완견은 식용견에 비하면 훨씬 더 팔자가 좋다. 우선 철망 안의 개밀도가 낮다. 애완견은 비교적 넉넉한 공간 속에서 여유 있게 몸을 놀린다. 주인들은 개들의 맵시를 내느라고 한 마리씩 끌어안고 털을 빗질해주고 가위로 깎아준다. 털을 헤집고 벌레를 잡아주고, 작은 개는 대가리에 리본을 달아주기도 한다. 애완견 철망 안에는 물그릇과 밥그릇이 놓여 있다. 밥그릇에는 콩알 같은 사료들이 담겨 있고, 물그릇은 대체로 뒤집혀 있다. 식용은 다 자란 성견이 시장에 나와 있지만 애완은 젖을 막 뗀 새끼들이 나와 있다. 더위를 못 이겼는지, 코커스패니얼 새끼 한 마리가 밥그릇에 주둥이를 박고 죽어서 늘어졌는데, 몰티즈 새끼 한 마리가 죽은 개의 시체를 밟고 올라서서 밥그릇에 주둥이를 박고 있다.

어린 시절에, 개들은 종자에 관계없이 모두 동작이 가볍고 장난을 좋아한다. 어린 개들은 잠시도 가만히 좌정하지 못한다. 애완견 철망 속에서 어린 개들은 쉴새없이 철망 밖을 향해 앞발을 내밀고 지나가는 사람들을 향해 혀를 날름거리며 교태를 보낸다. 식용견 철망 속에 갇힌 오래 산 개들은 싸울 때 싸우더라도 싸우지 않을 때는 늘 조용히 늘어져 있다. 오래 산 것들과 아직 덜 산 것들의 몸놀림은 이처럼 확연히 다르다. 애완견상가와 식용견상가가 마주 보면서 모란시장 개의 풍경을 이루고, 식용견의 생로병사와, 애완견의 생로병사와 인간의 생로병사가 공존하면서 한국사회의 개 팔자의 풍경을 완성해낸다.

모란시장은 온갖 퀘퀘한 냄새들로 상가의 구획을 이룬다. 개 이외의 짐승을 파는 상가는 시장의 안쪽에 들어서 있는데 닭 냄새, 오리 냄새, 고양이 냄새, 토끼 냄새들이 땅바닥에 배어 있다. 닭 장사와 토끼 장사들이 오랜 세월 동안 같은 자리에서 좌판을 벌여서 이 냄새는 오래된 지층의 냄새와 같다. 동물의 체취가 인간의 땀냄새와 비벼지는 이 냄새는 육기肉氣의 끈끈함으로 호흡을 압박한다. 그 냄새는 살아간다는 운명의 냄새처럼 내 코에는 느껴졌다. 고추상가는 매캐해서 재채기가 터져나오고, 참기름상가는 고소해서 코가 벌름거려진다. 모란시장을 구경할 때는 삶의 온갖 잡다한 일상성을 들여다볼 수 있는 여유로운 눈과 예민한 후각이 필요하다.

시장 초입에 들어선 약재상가는 세상의 온갖 고통을 다스리는 약재들이 종류별로 쌓여 있다. 이 약재상들은 모두 다 전문 상인들로 장이 서지 않는 날에는 전국 지방의 시장과 산지를 돌아다니며 약재를 수거해온다. 평생을 시장에서 시장으로 돌아다닌 늙은 장돌뱅이들이 가장 많이 모여 있는 곳이 약재상가다. 굼벵이, 지네, 인삼, 산수유, 계피, 불개미, 구기자, 들국화, 마가목, 뽕나무, 엄나무, 두릅나무, 헛개들이 저마다의 효용을 써붙이고 전시되어 있다. 그 효용은 여자 냉 대하, 여자 가슴앓이 속병, 기운 없고 삭신 쑤시는 병, 정신나가서 헤매는 병, 가래, 기침, 천식, 간염, 술 해독, 더위 먹은 병, 식은땀, 피부병, 미용 등이다.

잡곡상가에서는 희귀한 토종 잡곡들을 소량으로 거래한다. 그 곡식의 용도는 알기 어렵다. 늙은 할머니들이 주로 고객들이다. 모란시장 잡곡상가에 나와 있는 곡식들은 찰보리, 늘보리, 울타리콩, 작두콩, 얼룩콩, 유태, 서리태, 왕백태, 백태, 적두, 거두, 찰율무, 찰수수, 차조, 청차조, 찰기장, 환녹두, 동녹두…… 등이다. 내가 먹어본 곡식보다 먹어보지 못한 곡식이 열 배는 더 많았다.

음식부는 모란시장의 한가운데이다. 장날 점심때, 음식부는 팔러 온 사람과 사러 온 사람 들이 모여들어 장관을 이룬다. 모란시장 음식부는 전국시장들 중에서 가장 다양한 메뉴를 자랑한다. 노점 음식점들은 시장 안에서 싱싱한 재료를 값싸고 다양하게 구입할 수 있다. 그래서 음식은 싸고 싱싱하다. 개장국, 호박죽, 우묵, 콩국수, 칼국수, 녹두지짐, 돼지껍데기구이, 소내장탕, 소머리국밥, 매운탕, 감자전, 파전, 콩국, 팥국, 온갖 떡, 오이냉국, 미역냉국과 돼지의 여러 내장 부위를 따로 구워주는 불고기도 있다. 돼지내장구이를 안주로 주는 선술집은 막걸리 한 잔을 마시면 안주는 얼마든지 공짜로 먹을 수 있다. 애완견을 산 사람이나 삶은 개다리 한 쪽을 산 사람이나 다들 끼니때가 되면 시장 안 국밥집 좌판 앞에 모여서 비지땀을 흘리며 뜨거

모란시장을 구경하려면 삶의 구석구석을 들여다보는 호기심 많은 눈과
온갖 냄새에 예민한 후각이 필요하다.

운 국물을 마신다. 모란시장에서는 애완과 식용이 대등하며 사는 자와 파는 자가 대등하고, 생산과 유통이 대등하다. 이 모든 풍경은 자연스럽게, 저절로, 필연적으로 이루어진 교역의 모습이다.

모란시장 탄생 배경

모란시장은 시골 소읍의 장터에서 수백 년 동안 이어져내려온 전통 5일장과는 다르다. 모란시장은 1960년대 초에 성남지역 개척의 선구자였던 예비역 육군 대령 김창숙金昌淑의 주도 아래 인위적으로 개설된 5일장이었다. 김창숙의 고향은 평양으로, 월남 후 육군에 입대했고, 1958년에 대령으로 예편했다. 예편할 때 그는 32세의 청년이었다. 가난한 제대군인들을 규합해서 성남지역 황무지 개간사업을 펼쳐 농토와 택지를 열어나갔다. 5·16쿠데타 직후인 1961년 6월에 당시의 군사정권은 그를 경기도 광주 군수로 특채했다. 그는 3개월 후인 그해 9월 해임되었다. 그가 해임된 배경은 확실치 않다. 개척지에 마을이 형성되자 그는 주민들의 생필품 조달과 소득 증대를 위해 5일장을 개설했다. 그의 고향 평양 모란봉의 이름을 따서 시장을 '모란'이라고 이름지었다. 이것이 모란시장의 기원이다. 김창숙은 또 '모란개척단'을 만들어 대규모 택지개발사업을 시도하기도 했고, 성남 최초의 교육기관인 모란학원(현 풍생중·고등학교의 전신)을 설립했으며, 별정우체국을 개설했다.

모란개척단의 고문진은 당시의 현직 국회의원 2명과 예비역 장성

3명을 포함하고 있었고 일본인 재력가들이 고문으로 참가하고 있었다. 이 모란개척단 고문진의 구성은 김창숙의 지도력과 수완을 보여준다. 그 무렵 서울시는 무허가 주택 철거민 150,000여 명을 성남(당시 광주대단지)으로 이주시켰다. 이들은 아무런 기반시설도 없는 황무지에서 천막이나 판잣집을 짓고 살았다. 1971년 8월 10일, 철거 이주민들은 민란에 가까운 소요사태를 일으켰다. 주민들은 행정관서와 경찰관서를 습격하고 장비와 기물을 부수었다. 소요의 직접 발단은 서울시의 과도한 조세징수에 대한 저항이었으나 그 배경은 서울의 급속한 도시화에 따른 대책 없는 철거 이주와 생활고였다. 모란시장은 급속한 도시화, 산업화로 치닫던 1970년대 불도저식 팽창의 뒷전에 드리워진 그늘 속에서 자생적으로 돋아난 교역의 현장이다. 그 자생의 힘이 이제 전국에서 가장 크고 활발한 5일장으로 자라났다. 모란시장의 번창은 피와 땀과 눈물로 이루어졌지만, 그 교역과 유통의 풍경은 유통 본래의 모습인 것처럼 자연스러워 보인다. 애완과 식용이 모두 그러하다.

산간마을 사람들

도마령 조동마을

　여기는 충북 영동군 용화면 조동리, 도마령 고개 아래 산간마을이다. 이 마을에서 물한리 쪽으로 소백산맥을 넘어가는 도마령 옛길은 1,000미터에 육박하는 산봉우리들의 틈새를 비집고 굽이친다. 이 마을 사람들의 몸은 가볍고 강파르다. 노인이나 젊은이나 비만증 환자가 없다. 산이 삶의 터전인 사람들은 군살이 낄 겨를이 없다. 산에 가서 밭을 갈고, 통나무를 잘라서 임도까지 끌어내리고, 나물·칡·더덕을 캐고, 산짐승을 잡고, 고로쇠 수액을 받아온다.

　2월 중순에 온 산은 흰 눈에 덮여 있는데 고로쇠나무는 언 땅을 뚫고 수액을 빨아올리기 시작했다. 물통을 진 사내들은 아침부터 눈길을 밟고 산속으로 들어간다. 이 마을 노인들 중에는 도회지에서 온 멋진 차림의 등산가들보다도 훨씬 더 산을 잘 타는 사람들이 얼마든지 있다. 등산가들은 등산로를 따라서 다니지만, 약초를 캐거나 멧돼지를 쫓는 이 마을 사람들에게는 길이 따로 없다. 계곡에서 능선으로 바로 치고 올라가고, 길 끊어진 벼랑 밑과 바위 틈까지 다 뒤진다.

엄덕주 노인은 이 마을에서 태어나고 죽은 모든 사람들의 무덤 자리를 알고 있다. 산비탈 양지쪽에 들어선 봉분이 누구네 집 어느 어른의 무덤인지, 그가 살았을 때 어떤 고생을 했는지를 다 알고 있다. 엄 노인은 젊었을 때부터 목청이 좋고 노래를 잘해서 이 마을에서 초상이 나서 상여가 나갈 때 요령을 잡았다. 망자들은 모두 그가 부르는 만가 가락에 실려서 산으로 갔다. 살아서 오르내리던 산길에 요령 소리를 뿌리며 상여는 산길로 들어갔다.

엄노인은 사람이 죽어서 산으로 가는 이 마지막 사업을 '입산入山'이라고 말했다. 그의 '입산'이라는 말 속에서, 산은 삶이 다하는 자리에서 펼쳐지는 평화의 깊이로 느껴졌고, 그래서 위로받아야 할 쪽은 상여 속에 누워서 입산하는 죽은 자가 아니라 빈 상여를 메고 하산해야 하는 산 자들일 것이다. 엄노인의 레퍼토리는 여러 가지다. 젊어서 죽은 사람들을 위해서는 비통하고 구슬픈 노래를 불렀고, 오래 살아서 아늑하게 죽은 사람들을 위해서는 고요하게 멀리 퍼지는 노래를 부른다. 상여가 비탈을 올라가거나 개울을 건너갈 때는 두 박자로 부르고, 논둑길을 따라 들을 건너갈 때는 길게 늘어지는 박자로 부른다. 고생을 너무 많이 하고 죽은 사람을 위해서는 그의 고생을 특별히 슬퍼하는 가사를 만들어서 부른다. 소리를 한번 들려달라고 하자 그는 거절했다. "장난으로 하는 소리가 아니기 때문에, 실제가 아니면 하지 않는 게 좋다"라고 그는 말했다.

엄노인의 고향은 경남 거창이다. 16살 되던 해 흉년이 들어서 마을은 흩어졌다. 엄노인은 먹을 것이 없어서 도마령을 넘어서 천만산으로 들어갔다. 거기서 화전을 일구며 살았다. 1970년대 초에 산속의 독가촌은 모두 정리되었다. 그때 엄노인은 조동마을로 내려왔다. 이 마을에서 장가들어서 6남매를 낳았다. 남의 밭 800평을 도지받아서 콩과 고추를 심었다. 이걸로는 입에 풀칠하기도 어려웠다.

마을로 내려온 후 지금까지 엄노인은 칡을 캐다 파는 일로 생계를 삼고 있다. 칡은 깊은 산속 벼랑 밑에 숨어 있다. "안 다닌 산이 없고 모르는 골짜기가 없다"라고 그는 말했다. 칡 1킬로그램에 사백원을 받는다. 일이 잘되는 날은 하루에 100킬로그램을 캐서 사만원을 번다. 100킬로그램의 짐을 지고 그는 험산의 골짜기와 벼랑 밑을 헤집고 다닐 수가 있는 것일까. "50킬로그램쯤 되면 일단 내려와서 부려놓고 다시 올라간다"라고 그는 말했다. 노련한 등산가들의 배낭도 대개 30킬로그램을 넘지 못한다. 그는 그렇게 해서 6남매를 키웠다. 날이 풀리고 눈이 녹으면 그는 다시 곡괭이를 메고 입산해야 한다. 그의 상엿소리는 오직 자신의 고난의 힘으로 남의 슬픔을 위로하는 소리처럼 들렸다.

이 마을 포수 홍민표씨는 사냥이 생계의 중요한 일부이다. 여름에는 물가에서 민박을 치고 겨울에는 눈 덮인 산을 뒤져서 멧돼지를 쏜다. 충청, 전라, 경상도의 산악이 잇닿아 있는 이 마을에서는 도별 수렵 허가 연도에 관계없이 언제나 이쪽저쪽을 넘나들며 사냥을 할 수 있다. 멧돼지는 통째로 무게를 달아서 1근에 만원씩 쳐준다. 500근짜리 한 마리를 잡으면 오백만원인데, 이런 놈은 흔치 않다. 대개 200~400근이다. 야생 멧돼지는 잡기가 무섭게 팔린다. 주문이 밀려 있다.

그는 개 다섯 마리를 데리고 산으로 들어간다. 멧돼지 한 마리를 잡으려면 눈 위에 찍힌 발자국을 따라서 4, 5일을 쫓아가야 한다. 산속에서 날이 저물면 가까운 마을로 내려왔다가 다음 날 다시 쫓는다. 새 눈이 내려서 발자국이 덮인 구간은 개들이 냄새를 맡고 따라간다. 길이 따로 없고 멧돼지가 가는 길이 그가 가는 길이다. 개가 오판해서 엉뚱한 곳을 헤맬 때도 있다. 그는 개를 나무라거나 때리지 않는다. "개를 때리면, 때려도 말 안 듣는 개가 된다. 개의 실수를 인정해야 한다"라고 그는 말했다.

산속의 멧돼지들이 다들 한두 번씩은 사냥개와 포수의 추적을 따돌린 경험이 있어서, 멧돼지들은 점점 더 깊은 산속으로 숨어들고 있다고 그는 말했다. 잡아서 돌아오는 날보다 빈손으로 돌아오는 날이 훨씬 더 많다. 그다음 날 그는 또 산으로 들어간다. 산은 삶과 죽음 양쪽을 다 받아주었고, 봄이 오는 산맥은 뿌옇게 부풀어 있었다.

조동마을 자치조직 '대동회'

조동마을은 아직도 오래된 삶의 자율성을 유지하고 있다. 정치나 행정의 힘에 기대지 않고서도 마을은 마을의 일을 스스로 결정하고 집행할 수 있다. 40여 호의 가구들이 모두 대동회大同會에 가입되어 있다. 마을의 원로 주민들조차도 이 대동회의 전통이 언제부터 비롯된 것인지 알지 못한다. 대동회는 이 산간마을의 가장 자연스런 삶의 방식인 것처럼 보였다.

대동회는 마을 기금을 모아서 공동 안테나를 설치하고 논둑길을 보수하고 고장난 것을 고친다. 대동회는 전 가구가 참가해서 경비를 결산하고 회계를 확인한다. 마을의 이장도 이 대동회에서 정한다. 투표를 하지 않고 뒤집어씌우는 식으로 추대하는데, 이 추대를 굳이 피하는 사람은 별로 없다. 집집마다 1년에 쌀 1말, 보리 1말을 걷어서 이장을 맡은 사람에게 준다. 이 집 저 집의 논일, 밭일은 대부분이 이웃 간의 품앗이로 이루어진다.

산간마을의 영농방식을 행정용어로는 '복합영농'이라고 부른다. 복합영농은 산골짜기 여기저기 흩어진 조각밭에 이것저것을 조금씩 다 심는 방식이다. 콩, 고추, 무, 배추, 참깨, 담배, 호두, 포도, 사과를 다 심는다. 산나물을 캐고, 버섯을 따고, 소·돼지·토끼·염소·개를 모두 다 기른다. 이러니 마을은 눈코 뜰 새가 없이 바쁘다.

마을에 초상이 나면 대동회는 원로 주민 5명으로 유사有司를 정한다. 유사는 유가족과 협의해서 장례절차와 치산治山을 관리하고 장례

물품을 구입한다. 초상은 갑자기 비용이 많이 드는 일이어서 마을의 모든 가구들은 계를 조직하고 있다. 산이 험하고 가팔라서 상여는 멀리 가지 않고 대체로 마을에서 가까운 곳에 묏자리를 정한다.

　이 마을 김덕순 할머니 집은 돌아가신 집안 어른 다섯 분을 모두 집 앞의 밭에 모셨다. 밭이라고 하지만 대문 바로 앞이어서 마당과 같다. 마루에 앉으면 잘 다듬어진 봉분 다섯 개가 손에 잡힐 듯하다. 성묘가 따로 없고 외지에 나간 아들 손자 들이 올 때마다 수시로 무덤에 절한다. 김덕순 할머니도 이 자리로 가겠다고 한다. "우리 산 밑 동네는 어디나 다 명당이다. 어디서나 산봉우리들이 환히 보인다. 대문 밖이 명당이니 멀리 갈 필요 없다"라고 할머니는 말했다.

원형의 섬
진도 소포리

    진도는 원형原型의 섬이다. 음악과 놀이와 그림과 무속의 원형이 이 섬에서 비롯되었고 거기서 완성되었다. 이 원형들은 굳어져버린 틀이 아니라, 삶과 함께 출렁거리는, 열려진 표현 양식이다. 〈진도 들노래〉는 김매는 대목에서는 한없이 느리고 유장한 진양조장단으로 흘러간다. 그러다가 새참을 머리에 인 아낙네가 멀리 보이기 시작하면 장단은 돌연 신바람 나는 자진모리로 바뀌어, 일의 신명과 밥의 신명은 하늘에 닿는다.

    전남 진도군 지산면 소포리는 섬의 서남쪽 바닷가마을이다. 이 마을에는 오랜 세월 함께 모여서 노래해온 주부·할머니들의 자생적인 노래방이 있다. 도시에 가라오케 노래방이 창궐하기 훨씬 전부터 마을 사람들은 이 노래 모임을 '노래방'이라고 불렀다. 노래가 사람들의 사회 속에서 어떻게 살아서 작동하는가를 보여준다는 점에서 이 소포리 노래방은 한국 노래방의 원형이라고 할 만하다.

날이 저물면, 저녁 설거지를 마친 주부들은 이 마을 한남례씨 집 사랑방에 모인다. 노래방 회원은 30명 정도지만, 보통 15~17명 정도가 모인다.

조정심씨(50)가 가장 젊고 고연기 할머니(75)가 최고령자다. 이 노래방의 악기는 북과 바가지가 전부다. 북채를 쥔 한남례씨가 악장 격이다. 한씨의 북에 맞추어 주부들은 〈진도 들노래〉〈육자배기〉〈홍타령〉, 단가, 판소리를 부른다. 〈육자배기〉를 부를 때는 한 소절씩 노래를 돌리는데, 대체로 나이 순서에 따른다. 〈둥덩이타령〉을 부를 때는 북은 물러가고 다들 손바닥으로 바가지를 두들기며 합창한다. 앉아서 노래하는 사람들의 어깨가 흔들리고 엉덩이가 들썩거린다. 그러다가 신명을 어쩌지 못하는 사람이 방 한가운데로 나와 춤을 추면, 몇 명이 따라 일어서서 함께 춤을 춘다.

이 노래방은 겨울이 한철이다. 노래방 주부와 할머니 들은 다들 억척스런 농사꾼이다. 들일, 밭일에 집안일까지 한다. 농사가 시작되는 2월부터는 모임 횟수가 줄어들고 여름에는 모이지 못한다. 여름이라도 비가 쏟아져서 일하지 못하는 날에는 모여서 노래한다. 이런 날에는 한남례씨가 집집마다 돌며 "날도 궂은데 한판 놀아보더라고"라며 노래꾼들을 모은다.

소포리 노래방의 역사는 오래되었다. 언제부터인가 사람들은 겨울이면 이 집 저 집 사랑방을 옮겨다니며 모여서 노래를 불렀다. 일제 강점기 때 이 노래방 활동은 금지되었다. 해방되던 해 노래방은 다시 살아났다. 이때는 남자들의 노래방이었다. 광복과 함께 공동체의 기상을 회복하기 위한 자생적 노래운동이었다. 집단적 역동성을 표출하는 농악과 군무가 성행했다.

1973년 이 마을 앞바다는 방조제로 막혔다. 농토가 늘어나 주민들의 삶은 소금을 구워서 먹고 살 때와는 비교할 수 없이 넉넉해졌다. 그러나 왠지 노래의 신명은 빠지는 듯했다. 농사는 기계화되었고, 남자들의 노래방은 이해에 슬그머니 없어져버렸다. 소포리 노래방은 이 무렵에 이 마을 사십대 주부들에 의해 재건되어 오늘에 이른다.

노래방 초기에 주부들에게 노래를 지도했던 정채심씨와 김막금씨는 진도 들판에서 들노래의 거장들이었다. 그들은 직업적 성악가가 아니라 한평생 논일을 했던 농사꾼이었다. 그들은 5년 전에 세상을 떠났다.

소포리 노래방 사람들은 노래방에서 들노래를 할 때 방바닥에 모를 꽂는 시늉을 한다. 그들은 자기네들의 삶의 내용과 정서를 노래하고 있다. 그들은 남의 노래를 노래하지 않는다.

소포리의 겨울은 신명이 뻗쳐오른다. 지금은 설날 다 함께 모여서 놀 강강술래를 연습하고 있다. 그 신명의 힘으로 소포리 사람들은 새봄의 노동을 예비하고 있었다.

노래방 지도자 한남례씨

한남례씨는 진도 소포리 노래방의 창설자이며 음악적 지도자이다. 이 노래방 사람들의 장단은 모두 한씨가 두드리는 북의 지휘를 받고, 끄는목과 떨림목은 모두 한씨의 목청을 따라간다.

한씨는 어렸을 때부터 이 마을에서 가장 신명 높은 아이였다. 일에서나 놀이에서나 늘 신바람이 나 있었다. 부엌에서 일할 때도 늘 노래를 불렀다. "개구리가 물속에 뛰어드는 소리만 들려도 엉덩이가 들썩거렸고 어깨가 흔들렸다"라고 한씨는 말했다.

한씨에게 음악은 몸의 일이었고 삶의 일이었다. 노래가 몸을 흔들어서 삶을 신명나게 해주었다. 시집간 뒤로는 시부모님 눈치가 보여서 집 안에서 일할 때는 노래를 부르지 못했다. 한씨의 시댁은 염전도 있고 논도 있었다. 염전일을 할 때는 이렇다 할 노래가 없었다. 그래서 한씨는 주로 들에 나가 일했다. 들에는 노동이 있고, 노래가 있고, 함께 일하고 노래하는 이웃들이 있었다.

〈진도 들노래〉에 대한 한씨의 애착은 대단했다. 1970년대 새마을운동은 마을의 생산과 노동의 구조를 송두리째 바꾸어놓았다. 마을 앞바다가 방조제로 막혀 염전은 논이 되었고 나루터는 없어졌다.

농지가 정리되어 농로가 직선으로 바뀌었고 모내기와 추수작업은 기계화되었다. 노동의 구체적 동작과 결합되어 있던 들노래의 리듬은 노동으로부터 소외되었다. 인간과 노동과 노래가 뿔뿔이 흩어져버린 것이다. 한씨가 애초에 노래방을 결성한 목적은 이 위태로운 들노래를 마을 안에서 살려내기 위한 것이었다.

한씨는 초등학교도 나오지 못했다. 한글을 읽지도 쓰지도 못한다. 그러나 한씨의 언어능력은 놀라웠다. 한씨는 자신의 경험과 감정을 거침없고 발랄한 전라도 사투리로 한없이 이야기할 수 있었다.

한씨는 요즘 마을회관 야학에서 한글을 배우고 있다. '가'에다가 'ㅣ'를 합치면 '개'가 되고, '개'라고 써놓으면 남들이 이것을 '개'라고 알아본다는 것이 한씨는 너무나도 신기한 모양이었다. "아, 요놈의 글자가 멍멍 짖는 개다냐, 아니면 헛것이다냐?"라고 한씨는 말했다. 말할 때도 한씨의 어깨는 말의 리듬을 따라 출렁거렸다.

진도의 들은 겨울에도 푸르다

진도의 들은 겨울에도 푸르다. 10월에 김장 배추를 걷어낸 밭에 다시 월동 작물을 심는다. 흰 눈이 쌓인 들판에 무·배추·대파들이 돋아나서 진도의 겨울 들판은 흰색 바탕에 초록이다.

진도의 산들은 낮고, 작은 우마차로들이 그 산들의 중턱을 이어준다. 산 밑에서 들판이 끝나는가 싶지만, 산모퉁이를 돌아가면 다시 넓은 들이 펼쳐진다. 자전거로 이 우마차로를 달리면서 내려다보면, 진도의 겨울 들판은 노랑에서 초록에 이르는 색의 스펙트럼이다.

싹이 막 돋아난 무밭의 노랑은 여리다. 이 세상에 갓 태어난 그 노란색은 흰 눈 위에서 애잔하게도 가물거린다. 파밭은 어릴 때는 연두에서 시작해서 점차 초록으로 이행한다. 배추밭은 초록에서 시작해서 점차 검은 기운이 감도는 수박색으로 변해간다. 눈 쌓인 들판 위로, 이 유순한 색깔의 스펙트럼은 끝도 없이 전개된다.

생명을 가진 것들의 색깔은 '노랑'이나 '초록' 같은 개념으로 고정되는 것이 아니다. 그것은 늘 이곳에서 저곳으로 이동하고 있는 색깔이다. 그래서 그 색깔은 정처 없고, 불안정해 보인다. 김치 담가 먹은 무와 배추의 아름다움을 겨울 진도에서는 알 수 있다.

진도의 파밭은 대단하다. 진도의 대파는 전국 파 소비량의 20퍼센트 정도를 감당한다. 진도 밭 전체의 반 정도2,834헥타르가 파밭이다. 겨울의 흰 들판 위로 이 연둣빛 바다는 출렁거린다.

진도의 식당에서는 눈밭에서 뽑아온 겨울 배추와 대파 들을 얼마든지 준다. 된장에 찍어서 날로 먹는다. 그 맛은 달고도 아리다. 눈 속에서 견디느라고 배추의 섬유질은 완강해져 있다. 씹을 때는 와삭와삭 소리가 나면서 액즙이 입안에 가득 찬다. 겨울 배추는 잎맥 사이에 월동용 당분을 저장한다. 겨울 파는 흰 밑동 부분에 끈적거리는 진액이 많다. 이것을 날로 씹어먹는 것은 겨울과 봄을 함께 씹어먹는 일이다.

진도군 농업기술센터의 박춘석 과장은 "춥고 메마른 땅에서 올라온 채소가 달고 고소하다"라고 말했다. 봄은 겨우내 이 섬에 머무른다.

운림산방

허소치 말년의 화실이다.

이 초가집에서 허소치의 말년은 적막했고 단아했고 한유로웠다.

그러나 그는 유언에서 자식들에게 "고향을 떠나 도시에 가서 살아라"라고 말했다.

한유로움과 궁벽한 것은 다르다.

진도 운림산방 '옛 모습 찾기'

　내가 깊은 산속에 혼자 살자니 적적함을 견디기가 어려웠다. 비록 책은 있으나 안력眼力이 좋지 않아 모두 포기해버렸고 또한 마음속에 경영하는 바가 없어 흰 머리털을 어루만지며 홀로 슬퍼할 뿐이었다. 사촌沙村의 차가운 방아는 석양에 멀리 보이고 계사溪寺의 맑은 종소리는 바람결에 들린다.

　이 한유로운 글은 허소치許小癡, 1808~1893의 자서전인 『소치실록』의 첫 문장이다. 늙은 거장이 아니면 쓸 수가 없는 문장이다. 허소치는 자기 생애의 일들을 적은 글들을 '꿈의 기록'이라고 해서 『몽연록』이라고 이름지었으나 후에 '실록'으로 고쳤다. 그의 생애는 꿈과 사실이 포개져 있다.

　진도 운림산방雲林山房은 꿈과 현실이 포개져 있었던 그의 말년의 화실이다. 허소치는 50세 되던 1857년에 귀향해서 이 초가집을 짓고, 70세까지 여기서 그림을 그렸다. "치로癡老가 한가로이 고향의 옛 동산에 돌아와 지내니 만 가지 사념은 사라졌다. 오직 한 개의 소나무 베개를 옆에 두고 있으니 몇 권의 책을 한쪽으로 치워놓은들 무슨 상관이 있으랴"라고 그는 썼다.

　이 운림산방은 이제 진도 관광의 명소가 되었으나, 그 옛 주인의 탈속한 체취는 크게 훼손되어 있다. 집 앞을 너무나 꾸며놓았고, 초가집

옆으로 기념관이 들어서 있다. 기념관은 현대식 콘크리트 건물이다. 옛 주인의 초가집은 새 건물에 가려 제대로 보이지도 않는다. 진도군은 지금 이 어이없는 기념관을 철거해버릴 계획을 만들어놓았다. 헐어내고, 문화재 양식에 맞게끔 새로 설계된 건물을 다른 자리에 지을 계획이다. 이 사업에 삼십억원의 예산이 필요하다. 이래저래 예산만 이중으로 들어가게 되었지만, 기념관이 정비되고 나면 운림산방은 좀더 옛 모습에 가까워질 것이다.

그 옛 모습의 원형이라는 것은 오직 군더더기가 없고 단출한 것이다. 그리고 결핍 속에서 우아한 것이다. 그것이 허소치가 말했던 '법法'이다. "법이 있어야 아름다울 수가 있고 아름다워야 신묘하게 될 수가 있다"라고 그는 말했다.

허소치의 글을 읽으면, 그의 유적지가 어떤 모습으로 남아 있어야 하는지를 알 수 있을 것이다. 자꾸만 짓는다고 잘하는 일이 아니다.

자전거 바퀴에 공기를 가득 넣고 다시 길로 나선다. 팽팽한 바퀴는 길을 깊이 밀어낸다. 바퀴가 길을 밀면 길이 바퀴를 밀고, 바퀴를 미는 길의 힘이 허벅지에 감긴다. 몸속의 길과 세상의 길이 이어지면서 자전거는 앞으로 나아간다. 길은 멀거나 가깝지 않고 다만 뻗어 있었는데, 기진한 몸속의 오지에서 새 힘은 돋았다.

2004년의 여름은 뜨거웠다. 내리쏟는 햇볕 아래서 여름의 산하는 푸르고 강성하였다. 비가 많이 내려서 강들이 가득 찼고 하구는 날마다 밀물에 부풀었다.

내가 사는 마을의 곡릉천曲陵川은 파주평야를 파행 서진해서 한강

하구에 닿는다. 조강祖江을 거스르는 서해의 밀물이 날마다 이 하천을 깊이 품어서 내륙의 유역으로 바다의 갯벌이 펼쳐진다. 밀물을 따라서 숭어떼가 올라와 물 위로 솟구치고 자라도 오고, 복어도 온다. 바다의 기별이 물고랑을 따라 들의 안쪽으로 실려와 이 들에서 부는 바람 속에는 벼가 익는 냄새에 갯내음이 스며 있다. 늙은 하천은 선연한 감수성으로 아득히 멀어서 보이지 않는 바다와 교접하고 있다.

살아 있는 것은 이러하구나, 살아서 작동되는 것들은 마침내 저러하구나…… 내 이 작은 물고랑을 기어이 사랑해서 온 여름을 물가에 나와 놀았다. 놀다보니 여름은 다 갔고, 몇 줄의 글이 겨우 남아 여기에 묶는다.

가을에는 그만 놀고 일 좀 해야겠다.

2004년 초가을에
김훈 씀.

| 다시 펴내며 |

『자전거여행1』은 2000년 8월에, 『자전거여행2』는 2004년 9월에 도서출판 생각의나무에서 발행되었다.

2004년 판 『자전거여행2』는 경기도 편이었다. 기획과 취재의 과정에서 경기관광공사의 지원이 있었다.

이제 두 권의 『자전거여행』을 문학동네로 옮겨서 새로 펴내면서 두 권의 목차를 섞어서 주제별로 재편성했다.

그 결과, 경기도에 관한 글과 사진은 책 두 권에 고루 배치되었다. 이 재편성에 동의해주신 경기관광공사에 감사한다. 나는 수년째 경기도가 운영하는 경기창작센터에 머물고 있다.

세월의 풍화작용을 견디어낼 수 있는 것은 없다. 10여 년 전에 기록하고 촬영한 현장과 사람 들의 표정은 이제 그 모습대로 남아 있지 않다. 거기에는 세월의 힘과 인간의 파괴작용이 겹쳐 있다.

그 현장을 다시 찾아가서 바뀜의 의미를 살피는 글을 쓰려 했지만, 엄두가 나지 않았다.

이제, 책과 현장은 엄청난 거리로 멀어졌다. 내 게으름에 대한 변명으로 들릴 수도 있겠지만, 지나가서 없어진 것들을 그대로 살려서 보이려는 뜻을 이해받고 싶다.

나는 사진가 이강빈에게 자전거를 배웠다. 이강빈은 내 삶과 직업의 후배지만 지금은 비슷하게 늙어간다.

나는 이강빈과 함께 자전거를 타고 돌아다니면서 글 쓰고 사진 찍어서 이 책을 만들었다.

나와 이강빈의 마음속에서, 우리나라 산맥과 강물과 마을과 사람들은 늘 살아 있는 필름으로 펼쳐진다. 국토와 함께 살아가는 삶의 질감, 그 희망과 기쁨과 고통과 슬픔의 작은 몫을 독자들과 나누고 싶다. 아, 그런 은총을 바라도 좋을 것인가.

2014년 가을에 김훈은 쓰다.
이해 봄에 내 조국의 남쪽 바다에서 '세월호'는 침몰하다.

문학동네 산문
자전거여행2
ⓒ 김훈 2014

1판 1쇄 2014년 10월 22일
1판 19쇄 2023년 9월 12일

지은이 김훈
사진 이강빈
책임편집 조연주 | 편집 김내리 유성원
디자인 엄혜리 윤종윤 유현아 | 저작권 박지영 형소진 최은진 서연주 오서영
마케팅 정민호 서지화 한민아 이민경 안남영 김수현 왕지경 황승현 김혜원 김하연
브랜딩 함유지 함근아 고보미 박민재 김희숙 정승민 배진성
제작 강신은 김동욱 이순호 | 제작처 영신사

펴낸곳 (주)문학동네 | 펴낸이 김소영
출판등록 1993년 10월 22일 제2003-000045호
주소 10881 경기도 파주시 회동길 210
전자우편 editor@munhak.com | 대표전화 031) 955-8888 | 팩스 031) 955-8855
문의전화 031) 955-3576(마케팅) 031) 955-2675(편집)
문학동네카페 http://cafe.naver.com/mhdn
인스타그램 @munhakdongne | 트위터 @munhakdongne
북클럽문학동네 http://bookclubmunhak.com

ISBN 978-89-546-2621-7 04810
        978-89-546-2617-0 (세트)

www.munhak.com